KB119455

농담 濃淡
따먹기

농담(濃淡) 따먹기

초 판 1쇄 2019년 05월 09일

지은이 김의준
펴낸이 류종렬

펴낸곳 미다스북스
총괄실장 명상완
책임편집 이다경
책임진행 박새연, 김가영, 신은서
본문교정 최은혜, 강윤희, 정은희

등록 2001년 3월 21일 제2001-000040호
주소 서울시 마포구 양화로 133 서교타워 711호
전화 02) 322-7802~3
팩스 02) 6007-1845
블로그 http://blog.naver.com/midasbooks
전자주소 midasbooks@hanmail.net
페이스북 https://www.facebook.com/midasbooks425

ISBN 978-89-6637-671-1 03810

값 **13,000**원

l다스 글벗시선-02

농담 濃淡 따먹기

한맘 김의준 지음

"그저 그렇게 읽어서는
그 맛을 알 수 없는..."

미다스북스

나는 나다

이런 것도 詩라고
詩 답지 않은 詩를
끼적거린
한맘 金義俊은

檀君 이전에도
지금 이 순간까지도
하나의 神秘에 젖어
生命의 實像을 찾아
머나먼 길을 가는
알다가도 모를 사람.

眞理의 날개를 달고
저 푸른 하늘을 날아올라
無爲自然의 神秘를
원 없이 즐기다가
마침내
모든 것의 根源으로
부활하고픈
濃淡 같은 사람.

濃淡 따먹기

詩는
겉으론 弄談 같아
수박 겉핥기로
그저 그렇게 읽어서는
그 맛을 알 수 없는

먹음직스런
生命의 열매를 따먹듯이
정성껏 곱씹어 삼켜야
제 맛이 나고
영양가도 있어

그 속에 깃든
弄談 같은
신비로운 濃淡을
靈魂으로
맛볼 수 있답니다.

내가 詩를 쓰는 것은

내가 詩를 쓰는 것이
시의 濃淡에 흠뻑 젖어
그 향기를
靈魂으로 느끼고 싶은
그런 것 아니면
시를 써 무엇 하리

내가 시를 쓰는 것은
分別이 난무하는 세상에서
시와 진하게 하나 되어
그렇게 원 없이 즐기다가
결국에는 나도 없고 시도 없는
모든 것이 眞空한
하나의 根源으로
復活하기 위함이라.

· · · 목 차

· · · 첫번째 농담 꽃 이야기(1~98)

두번째 농담
· · · 사랑의 祈禱(1~65)

세번째 농담
· · · 하나의 완성(1~63)

첫번째 농담

꽃 이야기

—

삶 속에서 느낀 희로애락喜怒哀樂을
꽃의 색깔과 향기로 가다듬어
그 서정敍情의 첫 묶음을 꽃바구니에
담아 보았다.

꽃 이 야 기

꽃 이야기 · 1

이른 아침
발코니에서 꽃 이야기가 들린다.

엊그제 들여놓은
망울진 것이
간밤에 꽃망울을 터트렸을까.

시어미 마음은
꽃잎에 물들고
며느리 가슴은 꽃밭이다.

집안 가득
꽃향기 감도는데
아들 손자
아침 겉잠에서 깰 줄을 모른다.

詩의 향기

꽃 이야기 · 2

시詩는
마음에 젖은 향기로움이다.

청결한 마음에서 풍기는
그 향기가
시로 아름답게 드러나는

거기에 어떤 추한 것을 숨기고
시로 애써 미화해 본들
그것은 이미 시일 수 없는
시간이 지나면 본색이 드러나
유치한 마음일 뿐

오직 시를 사랑하는
순결한 마음으로 몸소 시가 되어
아름답게 시의 꽃으로 피어나는
사랑의 향기로움이다.

나이 들면

꽃 이야기 · 3

나이 들면
마음 비우고
매사를 하는 둥 마는 둥
그냥 그렇게
물 흐르듯이
즐기며 사는 것이
지혜롭고 건강한
무위자연無爲自然의
행복이라네.

검은 눈물

꽃 이야기 · 4

화 끓이다가
기가 막혀 한숨만 땅 꺼지게 내쉬다가
그렇게 넋 잃고
썰물 따라 바다로 간 자리에
애간장을 태운 흔적들이 문신처럼 남아

한나절 그대 가슴팍에 너부러져
짓무른 생명 쓸어안고
팔다리 저리도록 닦아내 보지만
당신의 검은 눈물 지울 수 없어
돌덩이 같은 무거운 한숨만 고입니다.

우리의 무관심이
인간의 무지가 저지른 비극이여
살풀이 하듯 속죄하듯
당신의 거친 살갗 어루만지노니
부디 해맑은 웃음 보여주소서.

슬픈 내색일랑 날려버리고
늘어진 어깨 추켜올리고
반짝이는 옛 모습 회복하기를
일렁이는 생명의 비늘
다시 싹틔우기를 기원하오니

이 화창한 봄날에
행복한 눈물 머금고 돌아오소서.
(태안반도 기름유출 자원봉사를 다녀와서)

沈默

꽃 이야기 · 5

나는
그분을 바라보았다
그분도 나를 바라보았다
나는 그 여윈 손을
꼬옥 잡고 기도했다
그분도
마음속으로 기도하는 듯
따스한 체온이 느껴졌다
저, 알아보시겠어요?
그렇다는 듯 바라보기만 했다
나는 다시 말을 건넸다
저, 김 장로예요!
그러나 바라보기만 할 뿐
끝내 침묵했다.
(보바스요양병원에서)

내가 꽃피는 이유

꽃 이야기 · 6

내가 꽃피는 것이
당신을 사랑한 때문이 아니면
꽃을 피워 무엇 하리.

내가 꽃잎 지는 것이
당신이 그리워 그런 것 아니면
차라리 뿌리 채 뽑혀
말라 죽은들 어떠리.

落照

꽃 이야기 · 7

하루를 다 살고 난
태양의 혼불이 붉은 탈을 쓰고
두둥실 춤춘다.

멀리 보이는
빌딩숲의 삭막한 분위기를
실루엣으로 어렴풋이 가다듬고
가까운 갈대숲에 불을 질러
붉게 물들이더니

때마침 가로지르던
철새 떼의 행렬을 한입에 삼켜
붉은 꽃잎으로 토해낸다.

그리고 가을빛 홍건한
구름 한 가닥을 두르고
서서히 스스로를 삼켜
자연의 아름다운 극치를 완성한다.

詩의 마음

꽃 이야기 · 8

당신의 마음은
꽃을 사랑하는 아름다운 마음
사심을 비워낸
청결하고 가난한 시詩의 마음이다.

이렇게 세상 욕심과
근심 걱정이 사라지고
감사와 기쁨으로
살랑살랑 춤추는 가지에
아름답게 시의 꽃으로 피어난
향기로운 그 마음엔

세상 어떤 걱정거리도
모진 질병도 발붙일 수 없는
평화롭고 행복한 시의 마음이다.

인생이란

꽃 이야기 · 9

인생이란
소경의 눈으로 볼 수 있는
그런 겉보기가 아니요.

원래부터 그 소중함이
내 안에 고이 깃들어 있어
내 하기 나름인 것.

그대로 그냥 두고
딴전만 피우다가는
세월 따라 먼지 쌓이고
윤기 가시고 나면
영원히 돌이킬 수 없는 허망한 것.

열심히 털어내고
공들여 닦아 주어야
반짝반짝 아름답게 빛나는

그렇지 않으면
어느새 사막처럼 메말라
먼지만 풀풀 날리다가
결국 허무하게 끝장나고 마는 것.

무등산 아리랑

꽃 이야기 · 10

산아 산아 무등산아!
변함없이 거기 잘 있었구나.

한 세월 훌쩍 지나
모든 것이 몰라보게 변했는데도
너는 그 옛날 그대로구나.

수억 년
지구의 나이를 말하는 듯
주상절리 서석대가 신비롭고
천왕봉 우뚝 솟아
역시, 오만 산의 제왕이로다.

너럭바위
그 넓은 가슴으로
빛고을 품어 안아
철부지들 총명하게 키워 낸 지혜가
추억 속에 눈꽃처럼 피어나

그때 그 시절을 생각하면
무등산 아리랑이라도
흥얼거리고 싶은 이 설레는 마음
어이하면 좋단 말인가.

사랑의 묘약

꽃 이야기 · 11

남몰래
눈물 흘린 적이 있는가.

사랑의 감동으로
나도 모르게 흘러내리는
그런 달콤한 눈물을

그날 밤 오페라의
감미로운 선율을 타고
사랑의 감동으로
내 마음을 흥건히 적시던
짜릿한 그 행복이여!

그 따스한 온기가
사랑의 묘약이 되어
마침내 아디나의 사랑을 쟁취한
네모리노처럼.

그때 나는
고독을 상실한 천사가 되어
하늘을 날아오를 듯 그렇게
한없이 행복했다오.

임을 위한 묵상

꽃 이야기 · 12

꽃비 내리는
그 오월의 이 날은
모든 것이 고요한 침묵이다.

그날의 분통함도
솟구치는 이 원통함도
가슴 속 깊이깊이 삭이며
다만, 고요할 뿐이다.

침묵 속에 묻힌 한 알의 씨알을
고귀한 생명으로 싹틔우기 위해
한없는 이 슬픔
안으로 안으로만 짙게 물들이며

오직, 성숙한
사랑의 그날을 위해
이 푸르른 오월을 침묵으로
임을 위해 묵상할 뿐이다.

無爲自然의 天國

꽃 이야기 · 13

인생이 별거라던가
꽃은 피었다가 지고
가을 빛깔에 젖은 잎은
바람결에 휘날리는데

속절없는
세월은 흐르고 또 흘러
뉘엿뉘엿 인생이 저문다 해도

그냥 그렇게
무위자연無爲自然에 젖어
모든 것에 감사하고
날이면 날마다 기뻐하는 중에
오늘을 즐기며 사는 것이
다름없는 천국인 것을.

추억모임

꽃 이야기 · 14

오늘은
원근 각지에 흩어져 사는
그 옛날 자칭 꾼들이
그 시절 즐겨 찾던 갈빗집 〈이랴〉에서
모이기로 한 날.

모였다 하면, 한판 벌려
쓰리고로 겁주기도 하고
피박을 써 김새기도 했던
그때 그 추억이
오늘의 두근거림으로 되살아나

강산이 세 번이나 변한
지금에 와서도
그때 그 시절을 못 잊어
두근거리는 마음 주체할 수 없는

그래서 추억이란
흘러간 세월이 남기고 간
알다가도 모를
신비로운 선물인가 보다.

追憶의 멜로디

꽃 이야기 · 15

어쩌다 생각이 떠오를 때면
우리들 마음을 울리는
그 추억追憶의 멜로디!

빈 소년 합창단을 능가한
코리아 개구리 소년합창단의
그 아름다운 메아리는
수준 높은 비브라토 합창이었다.

지휘나 반주가 없이도
스스로 작사 작곡하여
해질 무렵의 시골 들녘을
고즈넉하게 물들이는 환상의 하모니

지금은 쉽게 들을 수 없어
우리들 마음을 짠하게 하는
추억의 앙상블이 되고 말았지만

생각만 해도
가슴이 뛰고 영혼이 청결해지는
그때 그 개구리들의 떼울음 소리는
신비로운 자연의 멜로디
바로 신神의 소리였다.

소嘯풍風

꽃 이야기 · 16

나는 솔릭
너는 시마론
우리의 근본은 원래가 하나.

나는 한반도를 횡단하여
질풍같이 동쪽으로 갈 테니
너는 동해안을 따라
쏜살같이 북상하여
강릉 인근 해변에서 만나자.

거기서 우리
그 옛날 그리도 좋았던
해변의 추억을 노래하며
그동안 무더위에 열 받았던
오해를 삭이고

정답게 해변을 거닐며
소풍농월嘯風弄月을 즐기자.
(솔릭, 시마론은 태풍의 명칭)

진달래꽃 당신

꽃 이야기 · 17

이 땅에서
올림픽이 열리던
팔팔하던 그때 그 시절.

내 마음 꽃동산에
진달래꽃으로 활짝 핀 당신.

가는 세월에도 주름지지 않고
비바람 눈보라에도 빛바래지 않고
변함없이 해맑은 당신 모습.

당신과 나 함께한 세월
소중한 인생 앨범 속에서
영원히 시들지 않은

수줍은 듯 그렇게
미소 지으며 나를 바라보는
당신은 진달래꽃 내 사랑.

風景의 오후

꽃 이야기 · 18

팔봉산 자락을 지나
서해 해변에서 멈춰 서니
밀물 썰물 숨죽이고 들고 나는 곳에
"風景"이 조용히 자리하고 있다.

살바람은 저만치 비껴 지나고
포근한 바닷바람
청산포구 감돌아 머무는 곳.

저 멀리 소나무 가지에 걸린 듯
구도나루 작은 고깃배는
갯벌에 주저앉아 한가로이
타는 노을 지켜보는데

뉘엿뉘엿 해는 서산에 지고
풀벌레 소리 세레나데를 타고
그리운 님
고운 달빛으로 찾아오는 곳.

"風景"은 색다른 낭만이 있어
누구나 한번쯤 머물고 싶은
포근한 추억 속의
옛 고향집 같은 곳이다.

상전벽해

꽃 이야기 · 19

소싯적 상경하여
직장 잡자 서둘러 장가들고
자식 삼남매 낳아 기르다 보니
전셋집 전전하는 것도 쉽지 않던
호랑이 담배 피우던 그 시절.

빠듯한 살림에
없는 돈 여기저기서 긁어모아
어렵게 장만한 집이
잠실 4단지 열일곱 평짜리 연탄 아파트.

그래도 그때는
천하가 다 내 것인 양 가슴 뿌듯하여
남부러울 것 없던 시절.

천호동을 출발하여
울퉁불퉁 풍납동 비포장 길을
희뿌연 흙먼지 날리며
가물가물 다가오는 통근버스 놓칠세라
아침마다 허겁지겁 뽕나무밭 가로질러
가쁜 숨 몰아쉬며 뛰던 그때가
엊그제 같은데.

세월의 뒤안길을 무심코 지나다
공룡 뼈다귀처럼
하늘 높은 줄 모르고 치솟는
고층 아파트 골조를 보고서
깜짝 놀랐네.

그 옛날 아늑한 석촌 호숫가
평화로운 뽕밭에서
누에가 꼼지락 꼼지락 익어가던
추억 속에 아련한 그 시절이
모진 세월에 밟히고 또 짓밟혀
지금은 심장 없는
화석으로 변해가고 있으니

옛날 그 옛집

꽃 이야기 · 20

보슬비가 촉촉이 내리는
오늘 같은 날엔
그 옛날 그 옛집 생각이 난다.

돌아가는 삼각지
낯익은 허름한 뒷골목 어딘가에
어슴푸레 떠오르는
그 "옛집" 할머니의 넉넉함이
내 희미한 기억 속에 되살아난다.

마음은 있어도 계산은 없는
그 넉넉함이 푸짐한 인정이 되어
이 메마른 세상을 촉촉이 적시던

연탄불도 감동한 듯
온종일 쉴 새 없이 불을 지펴
진한 국물을 우려내던 그 "옛집"

그 맛은 단순한 맛이 아닌
서민들의 허기진 한 끼를 푸짐하게
피가 되고 살이 되고
희망이 되게 하던 그 기억.

오늘도 그 “옛집” 할머니는
이 각박한 세상을 가슴에 품고
그 진하디 진한 희망의 국물을
우려내고 있을까.

이 몹쓸 친구야

꽃 이야기 · 21

친구야!
이 무심한 사람아
한마디 건넬 짬도
마음 쓸 틈도 주지 않고
미운 정 고운 정 다 팽개치고
바람처럼 가다니

핏줄도 사라지고
숨길도 보이지 않는
타고 남은 한 줌의 너를
이 허망한 마음에 품고
애타게 헤적이고 뒤적여 본들
너를 찾을 수 없으니

함께한 백도의 추억은
영랑호의 아름다운 낭만은
누구랑 얘기하며
검단의 사계는 누구와 더불어
오르내리란 말인가.

마음속에 간직한
빛바랜 수첩에서
너를 지워야 하는 친구의 슬픔은
헤아리지 않았더란 말인가
이 몹쓸 친구야!

단풍에 물들어

꽃 이야기 · 22

꽃이 별거라든가
지는 쓸쓸함을 바라보노라면
보는 이의 마음도 초라해지는 것이
꽃이고 보면

그나마
푸르던 잎 붉게 물든 단풍은
우리들 마음을 흥건히 적시는
자연이 무르익은
풍요로운 빛깔이 아니던가.

엊그제 우린
마음이 통한 친구들 칠팔 명이서
자연과 문화탐방을 빌미로
북한산성에 올라
진한 빛깔 단풍이 되어 즐겼다.

단풍에 화려하게 물들어
하루를 원 없이 즐기다 보니
우리는 오간데 없고
가을빛 단풍으로 가득한
풍요로운 하루.

그렇잖아도 단풍든 얼굴들이
가을 빛깔에 짙게 물들어
한바탕 추억을 노래하며 즐기고 나니

팔팔한 청춘도 부럽지 않은
풍성한 가을이 배가 되어
모두가 행복한 하루였다.

오작교를 개방하라

꽃 이야기 · 23

나는 견우
당신은 직녀
처음에 우린 이 세상에서
한 쌍의 별이 되어 만나
한시도 떨어질 줄 모르고
하나 되어 그렇게 살았는데.

그리도 행복했던 우리 인생을
신神이 질투했는지
지금은 우리 사이가
저 높은 태백준령으로 가로막혀
겨우 스마트폰으로
목소리만 주고받아야 하는 이 안타까움에
잠 못 이루는 밤이여!

그리도 흔해빠진 까막까치는
어디서 무얼 하는지
한 해가 다 가도록 코빼기도 볼 수 없으니

가로막힌 태백을 이어 줄
오직 하나 남은 오작교마저도
애타는 시간 속으로 사라져 가고
오늘도 그리움만 겹겹이 싸인다네.

일자산의 봄

꽃 이야기 · 24

일자산에서
새봄을 맞으면
그리도 아름다운 것은
봄이 맨 먼저 이곳에서
싹트기 때문인가 보다.

봄의 기척이
채 느껴지기도 전에
어느새 수치에 밝은 자벌레가
꼼꼼히 봄을 설계하고

그 위에
부지런한 개미들이 떼 지어
봄기운을 물어 나르고
노랑나비들이 살랑살랑
봄 색깔을 곱게 칠하고 나면
마침내 봄다워지는

일자산의 봄은 이렇게
우리 곁에 노랗게
개나리꽃으로 활짝 피어납니다.

지知피彼지知기己

꽃 이야기 · 25

나이 들어가면서
누가 뭐래도 치매 예방에는
〈지피지기〉라네.

혈당 혈압 고지혈증을
평소에 잘 관리하여
뇌혈관을 튼튼하게 〈지〉키고

과음 과식 편식 흡연 등
나쁜 식습관은 〈피〉하고

숨 쉬는 동안은 날마다
걷기와 근육 운동을 〈지〉속하고

무엇보다 중요한 것은
범사에 감사하고 항상 〈기〉뻐하며
그렇게 사노라면
치매와는 무관한 팔팔한 인생이라네.
(이동영 교수의 치매예방법)

미소는 예술이다

꽃 이야기 · 26

미소는 신비로운 예술이다.

그 안에선 모든 것이
하나로 조화로워
아름다운 생기生氣로 빛난다.

미소가 벙글은 곳엔
기쁨이 싹트고
평화와 안식이 있어
모든 것을 사랑으로 포옹하여
소망을 아름답게 꽃피운다.

미소는
구름 틈새를 비집고 방끗 웃는
산뜻한 햇살 같이
만물을 소생케 하는
신비로운 생명의 예술이다.

장미가 되어

꽃 이야기 · 27

나는 뜰에 핀
한 떨기 장미를 바라본다.

아무런 생각도
느낌도 없이 그냥
거울에 비친 나를 바라보듯이

그 아름다움이
내 이기적인 생각과
나만의 느낌 때문에
행여 빛바랠까봐
그냥 무심히 바라볼 뿐이다.

그 고운 색깔과
진한 향기에 흠뻑 젖어
어느새 내가 장미가 되어
그렇게 바라보고 있을 뿐이다.

해야 솟아라

꽃 이야기 · 28

해야
솟아라.
심해 검은 파도
헤치고 나와
힘차게 솟아라.
야단법석
묵은 년은
미련 없이
벗어 버리고
새해
새 희망
함뿍 머금고
함박웃음 눈부시게
새 년으로
두둥실
희망차게
솟아라.

春花現象

꽃 이야기 · 29

인생을 아름답게
꽃피우기 원하는가.

그리도 모질던 겨울이
봄의 온기에 녹아내려
노랗게 봄꽃으로 피어나듯이

인생을
아름답게 꽃피우고 싶거든
고난이 찾아와도 피하지 말고
그대 안의 따스한 생기生氣로
오롯이 품어 안으라.

향기로운 인생은
엄동嚴冬의 모진 삶이
진하게 녹아내려
봄꽃으로 눈부시게 빛나는 것.

오늘을 사는 지혜

꽃 이야기 · 30

오늘이
일생에 단 한 번뿐이라는 마음으로
감사하며 즐기는 것이
천국을 사는 행복이랍니다.

따뜻한 사랑의 말로
위로하고 격려하는 중에
날마다 행복한 오늘이기를 기원하는
간절함으로

돌아올 수 없는 강을
콧노래 흥얼거리며 즐겁게 흐르는
맑고 시원한 강물처럼

무위자연의 생기生氣에 흠뻑 젖어
오른손이 하는 걸
왼손이 몰라도 상관 않고
한바다를 향해 흥겹게 흐르며

오늘을 즐기는 것이
행복한 인생을 사는 지혜랍니다.

인생은 뮤지컬

꽃 이야기 · 31

인생이란
순간의 갈피들이
세월의 흐름을 타고 휘날려
쌓이고 쌓인 낙엽 같은
허망한 것이든가.

살아온 날들이
아쉬움으로 얼룩진 낙엽처럼
한숨짓는 숨결에도
맥없이 흩어져 버릴 것 같은
허무함에 빠져들기 십상이지만

곰곰이 생각해 보면
살아온 그대로가
이 세상에 하나밖에 없는
소중한 한 편의
내 인생 드라마라는 걸 알고 나면

그 이야기가
흐르는 세월의 리듬을 타고
존재의 소중한 가치로 울려 퍼지는
그 나름 한편의 걸작
내 인생을 아름답게 노래하는
뮤지컬이라네.

울 엄 니

울엄니!
생각하면 할수록 짠한 울엄니.

천생연분 반쪽을
조국 산하에 제물로 묻고도
이 풍진 세상 험한 길을
외로움 느낄 새도 없이
억척스레 홀로 걸어오신 장한 울엄니.

이래저래 알게 모르게
한 세월 짠한 눈시울 적시던
그 허다한 눈물
어찌 다 헤아릴 수 있으리오 마는

남은 세월일랑
문설주에 꽁꽁 붙들어 매어 놓고
행복이 지겨울 때까지
오래오래 건강하게 사세요.

허리가 부실타고 기죽지 마시고
고관절이 박살났다고 포기하지 마시고
이 아니면 잇몸이 듯이
다른 데가 청춘이시니
생生과 사死는 하늘에 맡기고
건강하게 천수天壽를 누리세요.

깔깔대며 삽시다

꽃 이야기 · 33

인생은
독사에 물린 것처럼
몸뚱이는 날 때부터
세월 따라 늙고 썩어 가기 마련.

따라서 마음도 시들고
결국에는 온몸이 병들어 썩고 나면
세월이 무상하다고
피눈물을 흘려 본들
별 수 없는 것이 인생이든가

그래서 애초부터
철부지 어린아이처럼
생로병사生老病死의 인생 공식도
나와는 무관한 것으로 여기고
그냥 깔깔대며 웃고 사노라면

웃는 얼굴에
침 뱉을 사람 없다고
빛나는 얼굴에 인생이 반짝여
날이면 날마다
몸도 마음도 행복한 천국이라네.

가을은 계절의 여왕

꽃 이야기 · 34

이 가을에는 왠지
사랑하고픈 마음에 젖어듭니다.

높 맑은 하늘이 상쾌하여
답답했던 마음이 활짝 트이고
산들산들 코스모스의 고갯짓에도
마음 설레는

이 가을엔
외롭고 쓸쓸할 때도 있지만
결국 모든 것을 풍요롭게 용납하는
그래서 가을은
사랑하지 않고는 못 배길
계절의 여왕인가 봅니다.

세월에 지친 마음을 어루만져
스스로를 되돌아보는 겸손으로
하지만, 꽃보다 화려하게 지는
그 아름다움으로

대자연의 지혜를 깨달아
신비로운 사랑에 흠뻑 젖게 하는
계절의 여왕인가 봅니다.

인생은 나그네

꽃 이야기 · 35

인생은
삶의 봇짐 짊어지고 길 떠나는
외로운 나그네.

욕심 부려
더하고 또 채우려다 보면
숨이 차 도중에
주저앉기 십상이지만

욕심 없이
빼고 또 비우다 보면
발걸음이 점점 가벼워
어깨춤이 절로 나는

그래서 행복한 인생은
더할 것 없는 가득한 욕심이 아니요
뺄 것 없는 청결한 마음이니

그렇게 빼고 비우며 가다가
결국엔 나도 버려두고 떠나는
나그네 인생.

운주사에서

꽃 이야기 · 36

어느 누가
천불천탑千佛千塔을
우상이라고 내팽개칠 수 있을까.

황금에 눈이 멀어
마음속에 쌓이고 쌓여
꿈틀대는 욕심 덩어리가
금송아지 우상이지.

창조의 영감으로 빚어낸
신비로운 오만상이
미소 지으며 반기는 운주사.

무심한 구름도
그냥 지나칠 수 없어
머물러 넋 잃고 바라보는데

기나긴 세월 한결같이
산마루에 외로이 누워
하늘을 향해 염불하는 와불臥佛이
행여 일어서지 않을까
신기하게 바라보는 행복한 사람들.

백골이 돌아오시던 날

꽃 이야기 · 37

땅이 꺼지고
하늘이 무너져 내리던 날
계절은 눈멀고 외침은 입을 다문
그 황무한 산야에는
주인 없는 태극기만 외롭게
펄럭였습니다.

빛도 온기도 없는 동토를
떠도는 바람이여
어디에서 어떠했는지 영문도 모를
허망한 종이쪽지 한 장이
내 아버지!
당신의 마지막 옷깃이었습니다.

사그라지는 신음 가다듬고
기진한 날개 퍼덕이며
그렇듯 이날까지 긴 세월 이겨낸
내 어머니!
당신은 신의 딸이었습니다.

지난 겨울 꿈속에서 홀연히
연탄 한 짐 들여놓고 가셨다더니
길몽이라고 그리도 좋아하시더니
동토에 온기가 돌고
하늘에는 서기瑞氣가 흐르고
허공을 떠돌던 포자胞子에서
생기生氣가 감돌았습니다.

유전자가 똑같아
당신이 지금까지 내 안에 살아계셔
이리도 머나먼 길 돌고 돌아
백골이 돌아오시던 날.

울 엄니 부활한 남편 맞은 듯
그리도 서러운 세월 쉰여덟 해만에
굳게 다문 입이 환하게 열렸습니다.

첫눈 오는 날

꽃 이야기 · 38

이렇게 첫눈이 내리는 날엔
세월 속에 묻혀버린 그 옛날
그 추억이 되살아난다.

지금은 짠한 그리움만 남기고
내 기억에서 차츰 지워져 가는
그 사람은 지금 어디서
무얼 하고 있을까.

그때 그 미소 그대로
하얗게 머금고 행복할까.

까맣게 잊힌 줄로만 알았던
그 추억이 첫눈이 되어
이 허전한 마음에
하염없이 쌓이고 쌓이는데

그리운 마음 달랠 길 없어
하얀 눈 흠뻑 뒤집어쓰고
앰한 일자산 가슴팍에
쓸쓸한 발자국만 남기며
혼자서 걷고 있는 나.

一字山의 의미

꽃 이야기 · 39

일자산一字山은
내가 사는 곳에서 가까워
뒷동산 같은 친근한 산.

틈만 나면
가볍게 오르내릴 수 있어
어릴 적 어머니 품안 같은
부담 없는 포근한 산.

그렇게 일자로
밋밋하게 누워 있는 것 같지만
능선을 따라 끝에서 끝까지 걸으면
운동량이 제법 되는
나이 든 사람에겐 무리가 없어
보약 같은 산.

보기엔 하찮아 보여도
남북으로 길게 뻗어 있어
요즈음은 남과 북을 오가며
통일의 희망을 안고 걸을 수 있어
희망의 동산, 통일동산이라네.

청계산이 되어

꽃 이야기 · 40

산은 산인데
오르고 또 올라 본들
색다를 게 뭐가 있을까마는

오늘은 산을 유별나게 사랑하는
동기들 끼리 어울려
인근 청계산과 하나 되어 즐긴
행복한 하루였다.

세상에 젖어 세상을 못 보는
눈먼 일상에서 벗어나
산과 어우러져 산이 되고 보니
세상은 손바닥만 한 사진 한 장에 불과해
도리어 세상이 우릴 우러러 보는
이 기분 좋은 날에

한 젊은 스님이
정상까지 시주 통을 가져와
스마트폰에 녹음된 염불을 따라 읊으며
우릴 위해 복을 비는
이 특별한 날에

옥녀봉 매봉 이수봉에
오늘은 우리 열한 봉우리까지 합세하여
아름답게 조화를 이룬
청계산의 하루는
이렇게 모두가 하나 되어 즐거웠다.

복 터진 사람들

꽃 이야기 · 41

그대들은 산이 좋아
틈만 나면 산이랑 놀아나는
행복한 사람들.

집에 들면
마누라가 쌍수 들어 반기고
산에 오르면
아름다운 산이 홀딱 벗고 안기는
끝내주는 사람들.

범부凡夫는
하나도 제대로 감당키 어려워
갈팡질팡하는 것이 인생인데
그대들은 꿩 먹고 알 먹고
대박난 사람들.

이렇게 곱절의 행복에 젖어
감사하고 즐기는 중에
만수무강이 보장된
복 터진 사람들.

기도하는 마음

꽃 이야기 · 42

당신의 따뜻한 마음이
뼈 속까지 파고드는
이 엄동설한을 녹이고도 남아.

그 넉넉한 인정이
포근한 온기가 되어
내 마음을 어루만지더니

어느 날 갑자기
소식이 뚝 끊긴 지난 한 해
나로선 별 수 없어
침묵 속에 묻어 둔 당신 생각에
허전함으로 가득한 이 마음.

오는 봄날에는 부디
싱그러운 생명의 봄바람에 실려
그대의 기쁜 소식 전해 듣기를
기도하는 간절함이여!

그리운 얼굴들

꽃 이야기 · 43

세월 저 너머로
안개처럼 아스라이 흘러가 버린
아련한 그 얼굴 얼굴들.

그때 그 웃음꽃 하얗게 한 아름
그리움으로 젖어드는데.

세월의 뒤안길에서
앙상한 두 손 끌어 모아
늘어진 젖가슴 어루만지듯
눈물로 기도드릴 때.

이 간절한 마음
애타는 불꽃의 마음이 되어
식어가는 추억의 심장에
한 점 생명의 온기를 싹틔운다.

오늘을 사랑하세요

하루라는 시간은
항상 친근하고 적당한 분량입니다.

이보다 길면 지루할 테고
짧으면 얼마나 분주하고 아쉬울까요.

해가 뜨고 지는 동안
열심히 일하고 편히 쉬기를 거듭하며
나날을 살아가는 우리는
절실히 경험하고 또 느낀답니다.

이렇게도 소중한 하루가
자연스럽게 가고 또 찾아주니
이 얼마나 고맙고 즐거운 일인가요.

행복한 인생을 원한다면
이 소중한 오늘 하루를
감사하고 기뻐하며 사는 것이
다름없는 천국이랍니다.

노랑리본

꽃 이야기 · 45

오늘은 그때
우리 모두가 비통한 심정으로
발을 동동 구르던 날.

피어 보지도 못한
가녀린 꽃머금들이
걷잡을 수 없이 침몰하는
세월의 밑바닥에 갇혀
울부짖다 못해 침묵해 버린 날.

그때 우리 모두가
허둥지둥 발만 구르다가
씨도 없이 수장시키고도 모자라
이제 와서 이리저리
책임만 회피하고 있으니

그대로 잠들 수 없는
이 한 맺힌 넋들이
노오란 리본으로 되살아나
몸부림치며 서럽게 울부짖는
이 슬픔이여!

인생은 한 폭의 그림

꽃 이야기 · 46

인생은
시간과 공간의 화폭에 그려지는
한 폭의 그림이런가.

삶이 흔들리는 리듬을 타고
생명의 윤곽을 은근히 드러내는

겉으로 보기엔
단순한 시공時空이 연속된
허무한 놀음인 것 같지만
그린 이의 생명이 살아 숨쉬는
한 폭의 아름다운 그림이다.

다른 사람은 알 수 없는
감추어진 나만의 색다른 의문으로
그 유한성을 극복하고
영원으로 날아오르면

그동안 닫혀 있던
생명의 에덴동산이 열리는
한 폭의 신비로운 그림이다.

오대산 선재길을 가다

꽃 이야기 · 47

입추立秋는 지나야
더위도 한풀 꺾이는 처서處暑인데
더위가 막바지 기승을 부리는 날.

푹푹 찌는 무더위도 날려 보낼 겸
우리는 백두대간진흥회와 더불어
오대산 계곡을 따라 산행을 즐겼다.

실속 없는 세상은
넓고 탁 트인 길을 좋아한다지만
지혜로운 우리들은
오대산 오대천을 넘나들며
구불구불 좁은 선재길을 따라
대자연과 어우러져 걷는 재미에
시간 가는 줄도 몰랐다.

숲속 어딘가에 몸을 숨기고
눈빛 선하게 바라보고 있을 사향노루며
잎 무성한 나무 가지 위에 숨어 앉아
두 눈 동그랗게 뜨고 우리를 지켜보고 있을
긴 점박이 올빼미 하며

길섶 어딘가에서 미소 지으며
우리의 방문을 반기고 있을
예쁜 기생꽃 생각에
설레는 마음으로 숲길을 걸었다.

걷다가 갈증이라도 나면
미리 계곡물에 시원하게 채워 놓은
통수박을 뚝뚝 쪼개 나눠 먹기도 하고

그래도 발걸음이 무거우면
시원스레 흐르는 계곡물에 발을 담그고
물장난을 치기도 하며

그렇게 부담 없이 즐기는 중에
마침내 전나무 숲을 통과하는 것을 끝으로
산행을 마치고 나서

인근 식당에 들러
푸짐한 산채비빔밥에다가
동료들이 특별히 준비해 온 야관문주와
서너 가지 혀에 딱 달라붙는 술을
한 두어 잔씩 곁들이고 나니

모두가 기분 좋을 만큼 얼큰해져
무사히 산행을 마무리하고
째진 기분으로 상경 길에 올랐다.

微笑의 신비

꽃 이야기 · 48

미소는
색깔이다.

아름다운 마음이
꽃으로 환히 피어나

모든 것을
사랑으로 예쁘게 물들이는
신비로운 색깔이다.

내 인생 전성기

꽃 이야기 · 49

팔팔하던 그 시절
세상 출렁이는 파도에 휩쓸려
이리 뛰고 저리 뛰며
정신없이 날뛰던 그 시절.

그땐 나는 없고
세상이 엄한 주인이던
그 허망한 시절이 꿈같이 지나고
칠십 고개를 넘어서고 있는 지금.

얼굴엔 잔주름 늘고
처진 어깨에 다소 느려진 걸음걸이가
한물 간 인생처럼 보이지만

이제야 겨우
새로운 나를 발견하고
그 동안 못 다한 얘기
홀로 진지하게 속삭이며 걷고 있는
지금이 내 인생의 실속 있는 황금기.

철없이 날뛰던
그 허망한 꿈에서 깨어나
기특한 내 안으로 스며들어
고요히 진리를 묵상하며
인생의 신비로움을 즐기고 있는
지금의 이 고독의 때가
내 인생 최고의 전성기라네.

노을 지네

꽃 이야기 · 50

인생이
노을 지네

붉게
노을 져
아름답네!

수줍네

꽃 이야기 · 51

봄이
수줍네.

겨우내
낯가리더니
수줍음
타나 보네.

향기롭네

꽃 이야기 · 52

사는 게
향기롭네.

꽃 같은
당신이 있어
그러하다네.

고독한 행복

외롭게 흔들리는
들에 핀 백합화를 보라.

솔로몬의
영화보다 아름다운
무위자연無爲自然의
이 고독한
자유로움을 느껴 보라.

이런 화가이고 싶다

꽃 이야기 · 54

나이 들어가면서
때늦은 감은 있지만
내가 그리고 싶은 그림을 그리는
화가이고 싶다.

캔버스나 물감이 없이도
행복한 미소로
아름답게 색깔을 칠하는

남은 세월
모든 것을 사랑하며 살아도
아쉬움이 남을 인생이기에
살아온 날들의 희로애락을
조화롭게 물들여
여유롭게 활짝 웃어 보이는

내 얼굴 주름진 바탕에
미소의 물감을 정성껏 칠해
한 폭의 아름다운 그림으로 완성시켜

보는 이들에게 기쁨이 되는
그런 그림을 그리는
특별한 화가이고 싶다.

예수생각

꽃 이야기 · 55

예수생각!
진리로 인하여 자유롭게
십자가 위에서 부활하였고

광수생각!
자유로 인하여 엉뚱하게
골방 안에서 자살하였고

자유를 진리와는 무관하게
입술로만 지껄이는 것은
허망한 인생 불장난일 뿐.

인생의 뒤안길에서

꽃 이야기 · 56

고향이 별거라든가
정들면 거기가 고향이지
그렇게 자위하며 정신없이 살아온
기나긴 세월의 뒤안길에서

그 옛날
그 시절 춥고 배고파
고향을 등지고 도시로 도시로
떠나는 놈들이 부럽기만 하던
그때가 생각이 난다.

이것도 타고난 팔자려니
숙명으로 생각하고
똥장군 져다 논밭에 거름 주고
모내고 나면 금세 피 뽑으랴
허리 펼 날 없던
그 때 그 시절이 생각이 난다.

벼 베어 타작하고 난 볏짚 엮어
초가삼간 지붕 이우고
용마름 얹고 나서도 쉴 틈 없이
산에서 나무 해다 군불 지펴
엄동설한 겨우 지내고 나면
의례 그놈의 보릿고개 넘을 일이
태산 같던 그 시절.

그래도 그때
핫바지 걸치고 폼 잡던 기억이
가는 세월 비집고 희미하게 떠오른다.

복잡한 도시 생활에 찌들어
한세월 까맣게 잊고 지내다
나이 지긋한 지금에서야 곰곰이 생각하니
추억이 되어 그리움이 되어
이 허전한 마음을 촉촉이 적신다.

진짜 행복한 삶

홀가분한 몸집에
여유롭고 행복한 삶이라
어느 비만 크리닉의 광고가 아닙니다.

욕심 부려
이것저것 잔뜩 짊어지고
너나없이 끙끙대며 살아가는 세상.

미련 없이 다 내려놓고
공중을 나는 새처럼
들에 핀 백합화처럼 그렇게
즐기며 사는 것이

세상에 얽매이지 않고
자유롭게 인생을 즐기는
진짜 나를 사는 행복한 삶이라네.

몸뚱이 길들이기

꽃 이야기 · 58

말없이 그냥
졸졸 따라다니는 것이
몸뚱이인줄로 착각하면 큰 오산이다.

늙고 나면
내가 극진히 모셔야 하는
상전 중에 상전임을 알라.

그놈이 병이라도 나면
그땐 지가 주인이 되어
나를 지 마음대로 종 부리듯 하고
주변까지 못살게 굴기 일쑤이니

늙기 전에 칭찬하는 척
좋아하는 척 살살 꼬셔
범사에 감사하고 항상 즐기는 중에

하루걸러 만 보씩 걷게 하고
좋은 것 알맞게 먹되
술 담배는 가급적
근처에도 못 오게 하렸다.

황금 언어

꽃 이야기 · 59

침묵을 사랑하세요.
그것은 가장 아름다운 언어
말의 황금이랍니다.

말수는 줄이고
미소 띤 얼굴에
눈으로 다정하게 속삭여 보세요.

그렇다고
입을 꼭 다물 순 없으니
목소리는 가급적 낮추고
감사합니다!
사랑합니다!
이렇게 다정하게 속삭여 보세요.

말의 재앙災殃은
앞지르기와 무지르기
세 번 생각하고 한 번 말하는
삼사일언三思一言의 겸손으로
모두가 행복한 날 되기를.

살다 보면

꽃 이야기 · 60

살다 보면 알게 되지
사는 게 짐이라는 걸.

살다 보면 알게 되지
힘들어도 내려놓지 못해
끙끙대며 지고 가는 것이
인생이라는 걸.

살고 나면 알게 되지
결국 다 내려놓게 된다는 걸.

그걸 미리 알았더라면
날이면 날마다 어깨춤이 절로 나는
행복한 인생이라는 걸.

젊은 오빠이고 싶다

꽃 이야기 · 61

소싯적 그땐
철부지 사춘기思春期였나 보다.

요즈음 난
젊은 오빠로 착각하고 사는
성숙한 사추기思秋期라오.

아름다운 꽃을 보면
괜스레 마음 설레는
산들산들 봄바람이 되고

어쩌다 그 옛날
추억의 사랑노래를 들을 때면
모든 아가씨들이 다 연인인양
즐거운 착각을 하고

젊었을 땐 어서 듣고 싶던
어르신이라는 호칭이
지금은 욕설로 들리니
젊은 오빠라고 애교 있게 불러다오.

마음만은 립스틱 짙게 바른
셱시한 여인과 한잔 제키고
살랑살랑 봄바람 따라
추억여행이라도 떠나고 싶은
젊은 오빠이고 싶다오.

오늘을 노래하세요

오늘이라는 선물에
감사하고 기뻐하세요.
그 기쁨을 즐거이 노래하세요.

보석처럼 빛나는 오늘을
그렇게 노래하노라면
어느새 행복이 찾아와
당신의 마음을 노크할 겁니다.

행여라도
과거를 후회하거나
미래를 염려하지 마세요.

실체도 없는
시간의 부스러기들이
떼거리로 몰려들어
당신의 행복을 시샘하는
거기가 바로 지옥이랍니다.

항상 청결한 마음으로
오늘을 호흡하는 생명에
기꺼이 감사하세요.

그 감동의 리듬을 따라
오늘을 노래하고
덩실덩실 춤추어 보세요.

저기 저 돌덩이들도
벌떡 일어나
덩달아 춤출 테니까요.

미소 뒤엔

꽃 이야기 · 63

한세월 살았다고
아내의 마음 아는 척 말라.

때 되면 둥그렇게
떠 있는 달이라고
그 뒷면을 본적 있는가.

미소 짓는 얼굴 뒤엔
차마 말 못할
아픔도 있다는 것을
아는 것이
진짜 그 속마음을 아는 것.

봄 이야기

꽃 이야기 · 64

사랑하는 벗님네야!
겨우내 움츠렸던 나른함을
한 가닥 기지개로 날려버리고
성큼 다가선 봄의 온기에 입맞춤하라.

어느새 겨울이 녹아내리는
이른 봄날의 섬세한 몸짓에서
계절의 온기가 느껴지는
이 행복한 날에

브람스와 클라라의
애절한 영혼의 속삭임이
바이올린의 섬세한 은빛 물결을 타고
오보에와 푸릇의 애틋한 선율에 젖어
사랑으로 싹트는 이 설레는 봄날에
봄이야기로 사랑을 꽃피우자.

분위기가 무르익거들랑
트럼펫의 통쾌한 팡파르를 타고
저 구만리 창공으로
우리 함께 손잡고 날아오르자.

두 견 화

꽃 이야기 · 65

두견이 울고
내 마음에 꽃비 내리더니
당신 닮은 두견화가 활짝 피었소.

밤 이슥한 때 홀로
옛 사진 들추다가
젊디젊은 당신 얼굴 바라보며 나는
붐비는 전철 안에서
어느 젊은 여인의 젖가슴에
팔꿈치가 닿은 듯
잠시 기분이 야릇하였소.

함께한 세월
남몰래 흘린 눈물 없으리오 마는
화사한 당신 얼굴
꽃 속에 묻혀 해맑구려.

이내 짠한 마음 북받쳐
눈물 고이는 것은
숨 가쁘게 살아온 세월 뒤로하고
한적한 인생의 뒤안길에서 이 밤
당신을 생각하는 내 마음에
세월의 강물이 흐른 것이겠지요.

되돌릴 수 없는
당신과 나의 소중한 그 세월들
먼 훗날
저무는 인생의 노을빛에도
내 마음에 영원히 시들지 않을
당신이 곁에 있어
지금 난 한없이 행복하다오.

黃山

꽃 이야기 · 66

산이 거기 있다기에
오르고 또 올랐더니
산은 보이지 않고
천사들만 오르락내리락
구름치마 드리우고 하늘 시중들더이다.

열여섯 빛고을 사신들을 맞고선
놀란 듯 반가운 듯 옷매무새 추스르고
외로 서서 수줍더이다.

이른 새벽에는
어둑어둑 일찍 일어나
심해에 묻어 둔 불덩이를 씻어
정성스레 하늘에 달아 올리고

해질 무렵에는
석양빛에 곱게 물들인 구름이불
천지간에 고이 펴고
다독다독 자장가 부르더이다.

감추어진 신비를 찾아
내려간 운해 속 깊은 골짝에서는
이젠 제법 가까워졌다고
젖가슴도 살짝 열어
몇 사람한테만 살며시 보여주더이다.

누가 산은 산이요
물은 물이라 하였던가.
이곳은 산과 구름바다가 한데 어우러진
천혜의 아름다운 땅
창조주가 자기 몫으로 구별해 둔
신비로운 황금산黃金山이더이다.

낙엽의 겨울나기

꽃 이야기 · 67

일자산에 쌓인 낙엽은
한겨울의 추위를 어찌 이겨내고
또 무얼 먹고 긴 겨울을 날까.

그게 그리도 궁금했는데
올 겨울 일자산 눈길을 따라 거닐며
문득 느꼈다네.

엄동의 추위는
하얀 눈으로 이불 덮고 이겨내고
겨울 비수기의 허기진 배고픔은
눈으로 알뜰살뜰 녹인다는 걸
알고 나서야

눈 덮인 겨울 산을
오르내릴 때에는
발걸음도 조심 또 조심하는 것이
사람의 도리라는 걸 알게 되었다네.

수목원에서

꽃 이야기 · 68

누가 간지럼 태우는지
몰래 발가락 꼼지락거리다가
마른 가지 촉촉해지면
보드라운 새싹을 틔우고

살랑살랑 연한 볼 비비는
싱그러운 수풀 사이로
산새들 포르릉 포릉
초록 물감 튀기는 바람에
참고 있던 꽃망울도 여기저기서
예쁜 미소를 터트린다.

온갖 싱그러운 생명들이
은밀하게 사랑을 속삭이는 숲속에선
초대 받은 사람들은
발걸음도 경건히
예의를 지키는 것이 도리다.

線이 지배하는 세상

꽃 이야기 · 69

이 세상은
모든 것이 선으로 통제되는 공간인가
가로 세로 그리고 대각선

육지에도 바다에도
마음에 까지도
빠지지 않고 선이 그어진다.

인간은
온갖 선의 통제 속에 존재하는
그 선에 걸려 넘어지면 어쩌나
긴장하며 사는 것이 삶이다.

윤리의 선을 넘으면
불륜의 함정이 도사리고 있고
이념의 선을 넘으면
색깔론에 휘말리기 일쑤다.

뒤만 돌아보고 있어도
앞을 멀리 내다보아도
보수와 진보로 나뉘는 선이 그어진다.

남과 북 사이에는
휴전선의 긴장이 가실 줄 모르고
동해에서는 독도가 욕심이 나
선을 그으며 은근슬쩍 접근한다.

인간은 끊임없이 선을 긋고
스스로 그 안에 갇혀 산다.
시공 안에 선을 긋고
그 선 안에 갇혀
줄타기를 하는 가련한 신세다.

당신은 승리자

꽃 이야기 · 70

나는 압니다.
당신을
세상 눈치코치 보지 않고
물처럼 바람처럼 그렇게
자유롭게 당신의 존재를 사는
지혜로운 사람이라는 걸.

인간이면 너나없이
날마다 이리 뛰고 저리 뛰며
정신없이 걷 사람을 살기에
눈코 뜰 새 없는 세상에서

당신은 그런 인생을
하찮게 여기고
거침없이 당신의 존재를 즐기는
통 큰 대장부라는 걸.

그렇게 살다 보니
어느새 칠십 줄에 접어들어
얼굴엔 잔주름이 제법 늘어 가지만

아랑곳 하지 않고
그 생로병사生老病死의 꼼수를
통쾌한 너털웃음 한방으로 날려버리는

당신은 역시 멋쟁이
인생의 위대한 승리자라는 걸
나는 잘 알고 있답니다.

서로 사랑하여라

꽃 이야기 · 71

내 소중한 것들아
만남은 하늘의 은총이니
감사하고 기뻐하여라

인생은
오선지 위에 펼쳐지는
높낮이와 셈여림 같은 것
두 손 꼭 잡고 조화롭게
즐거이 노래하여라

꿈은 미래로 여물어 가는
소중한 열매이니
너희의 소망을 정성껏 싹틔워라

세상을 떠도는 것들은
필요에 따라 잠시 만났다가도
이내 제 갈 길로 흩어지지만
너희의 만남은 둘이 하나로 완성되어
영원히 함께할 운명

외로울 때 안아주고
짜증날 때 서로 용납하고
낙심될 때는 힘이 되어 주어라

혹 미워 보일 때면
잠시 옆모습을 바라보아라

고난이 찾아온다 해도
하늘의 소망으로 하나 되어
기꺼이 품어 안으면
잠시 숨어 있던 행복이
활짝 웃고 떠오르리라

그리고 그 사랑 안에서
주어진 생명 다하는 날까지
원없이 행복하여라

함께 이 길을 가요

꽃 이야기 · 72

내 사랑하는 이여!
우리 함께 이 길을 걸어요.

가시덤불 같은
이 세상을 살면서도
늘 해맑게 미소 짓는 내 님이여
정다운 얘기 나누며
우리 함께 이 길을 가요.

얼굴 없는 사람들을 태우고
총알 같이 달리는 저 넓은 길에
한눈팔지 말아요
거긴 사망률이 꽤 높답니다.

저것 보셔요
집채만 한 것이 땅 꺼지게
마구 질주하잖아요.

우리 함께 가는 이 길 외롭더라도
가다가 마주치는 이 있으면
정답게 눈인사도 나누고

걷다가 힘들면 길섶에 주저앉아
보드라운 풀잎 틈새에서 방끗 웃는
들꽃이랑 정다운 얘기 속삭이며
우리 그렇게
포도주 같은 진한 사랑을 나누어요.

내 사랑하는 이여!
머리에 밤이슬 하얗게 흠뻑 젖으며
아름다운 이 길을
이 밤이 새도록 함께 걸어요.

촛불

꽃 이야기 · 73

너는
별들의 영혼인가
수천 광년을 단숨에 뚝뚝 떨어져
평화의 광장에서
이리도 뜨겁게 빛나는

너는
결코 남을 태우지 않는
자기를 태우고 또 태워 빛을 발하는
아름다운 영혼.

너는
아우성치지 않는
끝내 침묵하고 또 침묵하여
마음에서 마음으로 흐르는
뜨거운 강물.

이 성스러움 앞에서
광란의 물대포는 고개 숙일지어다
이 땅에 정의의 열매가 결실하도록
경건히 묵상할지어다.

포 깍 질

꽃 이야기 · 74

포깍 포깍 포깍질
맬갑시 나네

멋을 돌라 묵었간디
알다가도 몰것네

포깍 포깍 포깍질
징그락게 나드니

울 엄니 왈카닥
갠지롬 시킹께

삼십육계 줄행랑
언능 내빼네.

먹어야 사는 삶

꽃 이야기 · 75

모든 것은
다른 것을 먹고 산다.

이것은 저것을 먹고
저것은 이것을 먹고

서쪽 하늘에 기운
배고픈 초승달도
인간의 그림자를 먹고 살고

욕심 많은 인간은
모든 것을 다 먹어 치우겠다고
몸부림치며 산다.

늙은이와 자징게

꽃 이야기 · 76

머리가 흑한 늙은이가
자징게를 탄다.

늙디 늙은 할멈을
뒤에 실코 싸목싸목
자징게를 탄다.

써금써금한 자징게 뒷자리에
올라 앙근 할멈은
땀내 난 영감 등거리가
머시 고로코롬 거시기 할까마는

항꾸네 살아온 인생 맹키로
딱 엉거붙어
세월아 내월아 궁글어 가는디
세월인들 지까지껏이
멋땀시 혼자
싸게 싸게 가것는감.

추억여행

꽃 이야기 · 77

젊은 그 시절
어느 해인가 여름
서해 대천 바닷가 모래성에서
우리는
금모래와 은빛 파도로 만났습니다.

하얀 달빛 아래서
무동을 넘다 부서지면
은빛 파도는 금모래 위에 스러지고
투명한 눈빛의 교차 속에
침묵이 흐르면

조용한 입술에 달빛이 머물고
두근거리는 젖가슴에서
금모래가 반짝이던
그 여름밤의 추억.

기나긴 세월에 밟혀
지금은 부스러기가 된 것들이
파도에 밀려왔다
이내 스러져 버리는 아쉬움 속에

무동을 넘어 어렴풋이
세월이 되어 추억이 되어 되살아나
그때를 생각하며
추억여행이라도 떠나고 싶은
이 아련한 마음이여.

먼동을 틔우는 사람들

꽃 이야기 · 78

칠흑 같은 동해의 밤바다
하늘에 맞닿은
수평선 끝자락을 붙들고
밤 새워 불꽃을 뿌리는 사람들.

간절한 마음으로
생명을 불태워 어둠을 밝히는
그 정성이 하도 지극하여

하늘도 감동한 듯
어두운 장막이 서서히 걷히고
먼동이 트이는 희망찬 새날에

가난한 심령들이
만선滿船의 기쁨으로 가득 차
덩실덩실 춤추며 돌아오기를
기원하는 이 간절한 마음이여.

침묵의 향연

꽃 이야기 · 79

계절이 붉게 무르익고 있는
이 가을의 화려함과 풍요로움을
반기지 않을 자 누구랴.

가을 한입 가득 베어 물면
어느새 나도 그렇게 화려하게
물들어 버릴 것 같은 유혹에 빠져들지만

인생은 빨주노초파남보!
그 겉모습의
무지갯빛 화려한 향연도 잠시

색 바래고 잎 채 지기도 전에
저 멀리 산자락에 하얀 장막 드리우면
산새들도 침묵하여
천지간에 고요가 깃드는 것처럼.

인생의 화려함도 풍요로움도
이처럼 잠시잠깐의 축제에 불과할 바엔

이 세상 어떤 유혹에도
부화뇌동附和雷同하지 않고
차라리 내 안에서 고요히
침묵의 향연을 즐기리라.

이 행복한 날에

꽃 이야기 · 80

내 생에 처음 손자 보던 날
서로 사랑하여 결실한 열매이기에
〈서로〉라고 이름 지었다.

그 손자가 젖떼기가 되어
생태유치원에 입학하던 날
온 식구가 행복한 그 날에

원장 선생님이 물었다
"〈서로〉는 커서 뭐가 되고 싶니?"
그 어린 것의 거침없는 대답
"사람이 될 거예요!"

어린 것이
그냥 무심코 내뱉은 말 같지만
완벽한 정답이다!

사람다운 사람이 되고자
이웃을 사랑하는 사람이 되고
하나님을 사랑하는 사람이 되어
진짜 사랑 받는 사람이 되는 것.

지금은 벌써
초등학생이 되었지만
그렇게 사람다운 어린이로
잘 자라 주고 있어
날마다 감사하고 행복한 날.

마음은 달밭

꽃 이야기 · 81

그 옛날 어린 시절
내 고향 뒷동산에는
사시사철 둥근 달이 열렸습니다.

어둠이 고였던 달밭에
주렁주렁 달빛이
환하게 뿌려지는 날이면
가난한 마음들은 어느새
부자가 됩니다.

당장은
그놈의 가난이 칠흑이라도
저 멀리 고개 넘어 달밭이
휘영청 밝아오면

달 따러 갈 희망에
마음만은 만석꾼도 부럽지 않은
풍요로운 달밭이 된답니다.

먼지투성이

꽃 이야기 · 82

겨우내
쌓이고 쌓인 먼지
봄날이 온다기에
털어내려다 보니
문득
나도 먼지요
너도 먼지요
온 세상이 다
먼지투성이라는 걸
알고 나서야
그냥 그대로
두기로 했다네.

미소의 힘

살아 있다는 것은
미소 지을 수 있다는 것.

고독할 때
조용히 미소 지으면
고독을 즐기는
깊이 있는 삶이 되고

불행할 때에라도
나와는 상관없는 일 인양
그런대로 그냥 미소 지으면
불행 중 다행으로 반전이 되고

행복에 겨워도
호들갑 떨지 않고
감사하는 마음으로
방긋이 미소 지으면
행복이 배가 되어 대박이고

그래서 미소는
인생의 행복을 키우는
신비로운 에너지다.

엇 박 자

꽃 이야기 · 84

어느 추운 겨울날
한 순진해 보이는 총각이
여인숙에 묵게 되었다.

방에 들자마자
여인숙 아주머니가 묻는다.
"거시기 뭐냐 . . . 불러 줄까요?"
그러자 총각이 점잖게
"필요 없습니다."

자정이 가까워 오자
또 주인아주머니가 문을 두드리더니
"불러 줄께요잉!" 하자
이번에는 총각이 신경질적으로 반응한다.
"필요 없다니깐 왜 그래요."

다음 날 아침
기척이 없어 문을 열어 보니
그 총각은 이미 얼어 죽어 있었다.

신 청산별곡

머루랑 다래랑 먹고 즐기던
청산을 떠나 온지 몇몇 해련가.

일장춘몽一場春夢
허망한 세상을 떠돌다가
그 좋던 세월 다 보내고 나니
그래도 청산밖엔 날 오란데 없어

모든 것 훌훌 털고
청산에 올라 보니
세상 금은보화가 제아무리 좋다 한들
청산에 비길소냐.

일입청산一入靑山
갱불환更不還이라
다시 태어나도 마음만은 청산이로다.

첫 눈

꽃 이야기 · 86

깊은 밤
세미한 기척이 있어
행여나 하는 마음에
읽던 책 살며시 덮고
창문 방긋이 열어
밖을 내다보니
수줍은 얼굴에
하얗게
미소 지으며
살포시 다가와 안기는
내 첫사랑이여!

鳴聲山 깜짝 산행기

꽃 이야기 · 87

산정호수 지나던 길에
마주 바라보이는 산이 하도 아름다워
입고 나선 차림에
신발만 살짝 바꿔 신고

책바위 가파른 능선 따라
가쁜 숨 몰아쉬며 한참을 오르다 보니
명성산 삼각봉이 어느새 발아래라.

산 아래 만산이 가득하여
형형색색 단풍이 떼 지어 가무를 하고
흐드러진 억새꽃이
축제 열어 반기는구나.

아서라!
세상사 부질없는 욕망을
예서 탐할 자 누구랴.

그 옛날 한 사나이의 야심이
속절없는 눈물이 되어 흐른다는
궁예약수 한 잔에
피로는 간데없고 산기운만 가득하여

단숨에 등용폭포 지나
비선폭포를 돌고 돌아
구천계곡을 따라 내려오니

때 기운 출출함도
빈대떡 한 접시에 막걸리 한 사발로
넉넉하구나.

황금되지년

금년은
육십 년 만에 찾아온
황금 되지 년.

올 한해
모든 것을
용서하고 사랑하면 되지
모든 일에
감사하고 기뻐하면 되지
삼백육십오일
날이면 날마다
그렇게 살면 되지.

한평생 그렇게
행복하게 살다가
되지면 황금인생이 되지.

이것이 地獄이다

꽃 이야기 · 89

철저함은 있으나
느낌은 없는
나를 위한 욕심은 있으나
남에 대한 배려는 없는
채움의 긴장은 있으나
비움의 여유는 없는
설교의 유창함은 있으나
명상의 고요함은 없는
높아지려는 교만은 있으나
낮아지는 겸손은 없는
욕망은 분출하는데
사랑은 시들어가는
논리는 범람하는데
시詩의 감동은 메말라가는
이런 살벌한 세상은
돌멩이도 살기를 꺼리는
다름없는 지옥地獄이라네.

얼음 위에 핀 꽃

꽃 이야기 · 90

얼음 위에 피어난
꽃 한 송이를 보았는가
그 감동을 몸소 느껴 본 사람은
행복한 사람이다.

하늘 한 자락 곱게 두르고
사뿐히 내려온 천사처럼
그 아름다운 몸짓으로
신비로운 하늘 메시지를 전할 때.

그 민첩한 소용돌이
가슴에 벅차올라 심장이 멎을 듯
우아한 날갯짓 그 신비로움에
코리아의 희망이 샘솟던 날.

얼음 위에 뜨겁게 꽃피운
그 감동의 물결을 타고
온 세계가 환호할 때

어여쁜 그대 마침내
미소 띤 얼굴에
해맑은 눈물 그렁그렁
벅찬 감동이 되어, 행복이 되어
우리 모두 덩실덩실 춤추던 날.
(벤쿠버 동계올림픽에서 김연아가
금메달 따던 날)

개만도 못한 놈

꽃 이야기 · 91

길을 가다가
제법 깡다구 있게 생긴
강아지란 놈이
짖어 대며 시비 걸기에

짖는 개 물지 않는다는
속담도 생각할 겨를 없이
무작스레 헛발질을 해대다
스스로 멋쩍어
좌우를 두리번거리며 돌아선 나.

짖어대는 놈이나
그런다고 발길질하는 놈이나
개 같긴 마찬가지라는 생각에
개 같은 나를 버려두고
혼자서 쓸쓸히 돌아왔다네.

슬로우 슬로 퀵퀵

꽃 이야기 · 92

어떤 이는
빨리 빨리 서둘러야
잘 산다 하고

다른 이는
천천히 천천히 여유로워야
행복하다고 하더이다만

행복은
이것만도, 저것만도 아니요
이 두 가지가 잘 조화로운

슬로우 슬로 퀵퀵 그렇게
춤추듯이 사는 것이
짜릿한 인생 행복이랍니다.

詩는 생명의 무지개

시詩는
기계로 물건을 찍어내듯이
그렇게 대량생산이 불가능한
일종의 생명과 같은 것.

하늘의 성스러움이
숫처녀의 간절한 심령에 임하여
거룩한 생명으로 잉태되듯이

하나의 서정적 영감이
청결한 마음 밭에 떨어져
아름다운 혼불로 피어나
문자의 꽃가마를 타고 드러나는
생명의 무지개다.

내 안의 대궐

꽃 이야기 · 94

솔향 강릉
솔숲마을에 터를 닦고
내 인생 보금자리를 짓는
이 설레는 마음에

춤추는 동해바다가
파랗게 물들고
거기 솔향기 그윽하여
나도 모르게
잠시 취해 있는 사이

짓고 있던 집은 오간데 없고
저 멀리 태백 준령에
흰 구름 한 채 덩실
대궐처럼 걸려 날 유혹하네.

"님"자의 魔力

꽃 이야기 · 95

"님"이라는 호칭은
무슨 위력을 지니고 있기에
이리도 매력적일까.

하나에 이 "님"자를 붙이면
그리도 소중한 우리 하나님이 되고
내게 그것을 살짝 갖다 붙이면
나 아닌, 내님이 되기도 하여
그리워지고

그렇지만 세상을 살면서
이 호칭을 내가 내게 잘 못쓰면
십자가 뒤에 숨겨야 할 내가 드러나
뜻밖의 낭패가 되기도 하는

그래서 한 나라의 대통령도
자기의 호칭에는 붙이기를 꺼리는
"님"이라는 존칭을

멋모르고 내가 내게 잘 못쓰면
내로남불의
이기적인 호칭이 되기도 한다네.

내님은 지금 어디에

꽃 이야기 · 96

이 곱디고운 삼월이면
푸른 하늘 치맛자락에
하얀 구름 너울 쓰고
날 찾던 그리도 고운 내님은
어디서 무얼 하는지

그땐 삼월의 저 푸른 하늘을
한입에 다 들이마셔도
양이 차지 않던 상큼한 내님은
지금은 어딜 가고

저 멀리 희뿌연 산자락에
미세먼지 잔뜩 뒤집어쓰고
안쓰럽게 서있는 저 나무들.

새봄이 오면
예쁜 미소 머금고 서둘러 찾아와
내 품에 안기던 그리운 내님은
오늘도 소식이 없고

연일 미세먼지 주의보만 뜨는
이 안타까움에 애태우는
답답한 마음이여!

이루어질 수 없는 사랑

꽃 이야기 · 97

이루지 못할 사랑은
한없이 애달프지만 결국엔
더없이 아름다운 것.

그립고 그리운 마음에
허공을 나부끼는 깃발처럼
몸부림치고 싶어도
꽃이 되어 숨은 그 사랑이 애처로워
마음속으로 흐느낄 뿐이라네.

한가슴 가득
이리도 벅차게 밀려드는 그리움이
그리 쉽게 지워질까마는
이룰 수 없는 사랑이기에
천근만근 쌓이는 그리움으로
할 말을 잃었을 뿐.

이루지 못할 사랑은
쌓이고 쌓인 그리움이
애간장을 속 태운 가운데서도
알뜰하게 곰삭아

먼 훗날 아름다운 추억으로
피어나기를 소망하는 마음이기에
그냥 침묵할 뿐이랍니다.

꽃 중의 꽃

꽃이 아름다운 건
누구에게나 항상 방끗 웃는
그 얼굴이 아름답기 때문입니다

꽃잎 지는 서러움에도
미소를 잃지 않으려 애쓰는
그 모습이 안타깝도록

그래서 꽃 중의 꽃은
범사에 감사하고
항상 기뻐하는 중에
사시사철 활짝 피어나는
우리들의 웃음꽃이랍니다

두번째 농담

사랑의 祈禱

—

진리眞理를 사모하는 마음을
생명生命의 本質인 사랑으로 감싸
그 간절한 소망의 향기를 은유隱喩의
꽃잎에 짙게 물들여 보았다.

사랑의 祈禱

가난한 마음으로
서로 사랑하게 하소서.

채우는 욕심보다
비우는 겸손으로 부요하게 하소서.

실바람에도 흔들리는
낙엽 같은 초라한 인생이지만
저 푸른 하늘을 소망하며
청결하게 살게 하시고

한 송이 들꽃처럼
이 세상에 잠시 피었다 질지라도
이 생명 한 알의 겨자씨로
알차게 여물어
영원한 사랑을 완성하게 하소서.

하나 되게 하소서

사랑의 祈禱 · 2

이 겨울에는
간절히 기도하게 하소서
하얗게 내리는 눈꽃처럼
내게 허락하신 당신의 사랑으로
영혼이 해맑게 하소서.

사방에 흩어져
끝없이 방황하는 마음들이
온전하게 하나로 돌아와
서로 사랑하게 하소서.

이 겨울에는
모든 것을 따뜻하게 품어 안아
너와 나를 분별하는
차가운 마음들이 녹아내리고
온 세상이 따스한 봄날이 되어
그렇게 사랑으로
하나 되게 하소서.

사랑의 신비

사랑의 祈禱 · 3

사랑의 신방은
모든 것 다 포기하고
외롭게 혼자서 드는 것.

곱디고운 진주 한 알
가슴에 고이 품고 드는 것.

그 아름다운 빛에
흠뻑 젖어 하나 되고 나면
둘이 있다 하나 죽어도 모르는
황홀경에 드는 것.

그 이름 청춘

사랑의 祈禱 · 4

생명의 정점에서
태양처럼 빛나는 젊음
보석처럼 반짝이는 불멸의 청춘이여!

이글거리는 태양을 향해
새날을 소망하는 가슴을 활짝 펴라
그리고 너희를 손짓하는
미래로 발돋움하라.

미래는 너희들의 몫
땅 끝은 너희들이 달려갈 목표
폭풍우 흑암 속을 지나
거센 파도를 가르고 힘차게 전진하라.

고귀한 사랑을 위해
생명을 불태우므로
진리는 너희와 더불어 푸르고
너희는 진리와 함께
영원히 빛나리라.

행복이란 미명의 너

사랑의 祈禱 · 5

머리에 털 나고 난 이래
내 마음을 그토록 사로잡는
행복이라는 미명의 너.

꼬락서니를 보아 하니
오늘도 제법 꾸미고 나섰구나.

바람 같은 허망한 너
쥐뿔도 없이 겉만 빤지르르한 너
제아무리 그럴싸하게 꾸미고
내 앞에서 꼬리친다 해도
한 번 속지 두 번 속을 줄 아느냐.

하지만 고맙다
그동안 시도 때도 없이
네놈이 설치는 바람에
내 안에 졸고 있던 진짜 행복이
깊은 잠에서 깨어났단다.

진리란

사랑의 祈禱 · 6

진리란
욕망할 수 없는 그 무엇.

세상으로 가득한 나를 비워
청결한 마음으로 느낄 수 있는
연꽃 향기 같은 것.

무엇을 갖고자 하는 욕심도
무엇이 되고자 하는 바람도 없이
무심히 바라볼 때에만

미소 지으며 다가와
나와 하나 되어 충만해지는
신비로운 그 무엇.

내 사랑 당신

고결한 당신
영혼의 미소 함초롬히 머금고

사랑의 눈물
고였던 자국에 꽃처럼 피어나
향기롭게 나를 반기는

그렇게 나를 용납하여
내 안에 영원히 시들지 않는
소중한 내 사랑이여!

가난뱅이처럼

사랑의 祈禱 · 8

가난하게 살고 싶다
부자보다 더 부자처럼
그렇게 가난하게 살고 싶다.

부자 되고 싶은 마음들로
가득한 세상에서
마음이 가난하게 살고 싶다.

의에 굶주리고
진리에 목말라 하며
공중을 나는 새처럼
들에 핀 백합화처럼

진짜 진짜 가난뱅이처럼
그렇게 청결한 마음으로
천국 같은 세상을 살고 싶다.

평화의 기도

사랑의 祈禱 · 9

만물을
하나로 조화롭게 하시는
전능자이시여.

우리에게 평화를 주옵소서!

잔인한 무기를 녹여
사랑의 푸른 풀밭을 일구는
선한 연장을 만드시고

사자와 어린 양이
한데 어울려 즐겁게 뛰노는
사랑과 평화의 낙원을
이 땅에 펼치시옵소서.

당신이 그리운 날

사랑의 祈禱 · 10

오늘은 왠지
당신 품안에 안기고 싶은 날.

내가 당신 품안에 안겨
마음 설레는 그 날엔
어느새 당신도 내 안에 계셔
더없이 행복한 날에

세상 허망한 것
다 비운 청결한 마음으로
오직 당신의 사랑에 흠뻑 젖어

모든 것에 감사하고
모든 것을 한없이 사랑하고픈
이 간절함이여.

무병장수의 비법

사랑의 祈禱 · 11

세상 근심걱정은
인간의 몸과 마음을
갉아먹고 사는 독벌레 같은 것.

병은 원래 없는 것인데
사는 동안 근심걱정이라는
못된 것에 갉아 먹히는 날엔
생명이 위태로워지기 일쑤이니

무병장수의 비법은
임시방편에 불과한
병원이 처방한 약에 목숨 걸지 않고
그놈의 못된 세상 근심걱정에서
자유로워지는 것.

무위자연의 진리 안에서
범사에 감사하고
항상 기뻐하는 삶에는
영육 간에 무병장수가 보장되어
건강하고 행복한 천국이라네.

하나 됨의 축복

사랑의 祈禱 · 12

태초太初에
천지를 창조하신 하나님이
너희를 사랑하시어 생명을 허락하시고

오늘에
그 사랑이 가교가 되어
너희 두 사람이 하나를 이룸은
그분의 예정하신 축복이니

이 복된 날에
이제 너희는 미완의 반쪽이 아니요
하나님의 무한하신 은혜로
아름답게 조화를 이룬
하나 된 생명이라.

한평생
너희 삶 가운데 주어지는
모든 것에 감사하고
항상 기뻐하는 중에
아름다운 사랑을 꽃피우고
풍성히 열매 맺어
하나님의 선하신 뜻을 이루라.

이것이
그 크신 사랑에 대한 보답이요
그 사랑 안에서
너희가 한평생 누릴 크나큰 축복이니라.

나를 향한 외침

사랑의 祈禱 · 13

주여! 주여!
목 놓아 부르짖음이
능사가 아닌 줄을 알면서도

내가 이리도 애타게
주님을 부르짖는 것은
당신이 귀먹어 그런 것 아니요.

세상 잡소리에 멍들어
귀머거리가 된 내 귀를 뻥 뚫어
그 무한한 사랑의 음성을 듣고자
나를 향한 외침이랍니다.

靈魂이 잘되면

사랑의 祈禱 · 14

기도祈禱는
영혼靈魂의 호흡이다.

숨을 쉬지 않으면
육신의 생명이 유지될 수 없듯이
기도를 멈추면
우리의 영혼은 사망이다.

쉬지 말고 기도하라 하심은
밤낮으로 아무것도 하지 말고
기도만 하라는
입술에 발린 그런 기도 말고
삶이 기도가 되라는 것.

그리하면
우리의 영혼이 잘됨 같이
세상 모든 일이 다 잘되어
날이면 날마다 행복한 인생.

무병천국의 비밀

사랑의 祈禱 · 15

사랑의 하나님을
병 주고 약 주시는
그런 엉뚱한 분으로 착각 말라.

세상 모든 질병은 자업자득!

분별심分別心에 사로잡혀
세상 근심걱정에 젖어 사는 사람은
병에서 자유로울 수 없고

범사에 감사하고
항상 기뻐하는 중에
하나님의 거룩한 뜻을 즐기는 사람은
온몸에 항상 생기生氣가 감돌아
모든 질병이 스스로 꼬리 내리도록

우리 하나님은
이 무병천국의 비밀을
태초에 우리의 자유의지 안에
이미 곁들여 주셨다.

분별의 착시현상

장애인과 정상인
잘 생긴 사람과 못 생긴 사람의
차이는 무엇일가?

이는 선악善惡을 분별하는
어리석음으로
내 안의 낙원에서 쫓겨난
우리 모두가 소경이기 때문에 생긴
착시현상일 뿐.

모든 것을
하나의 눈으로 바라보면
고귀한 생명의 아름다움으로
조화롭게 드러나는
신성神性의 꽃피움이다.

나의 구원자

사랑의 祈禱 · 17

주님은
죽은 나를 살리시고
작은 나와 기꺼이 하나 되시어
큰 나로 거듭나게 하신

이제 나는
무명한 자에서 유명한 자요
더없이 부요한 자.

이렇게 나를 나 되게 하신
우리 주님은
영원한 내 사랑
나의 존귀하신 구원자.

길 떠나는 나그네

사랑의 祈禱 · 18

나는 혼자서
외롭게 길 떠나는 나그네.

내 인생에
애증과 연민으로 쌓은
희로애락의 모래성을 허물고
한없이 자유로운 내 안의 세계로
머나먼 여행을 떠나렵니다.

금쪽같은 처자식도
생각만으로도 즐거운 친구들도
두고 떠나야 하는 이 고독을
오직 침묵으로 달래며

얽히고 설킨
온갖 인연들은
세상 노리개 깜으로 두고
아무런 미련도 후회도 없이
어차피 떠나야할 길이기에
멀고도 가까운 이 진리의 길을
홀가분한 마음으로 가렵니다.

스테파노의 부활

사랑의 祈禱 · 19

누가 이 떠남을 아쉬워하고
누가 이 죽음을 슬퍼하는가.

한없이 아쉽지만
결코 슬퍼할 수 없는
이 아름다운 죽음 앞에서
한평생을 하늘을 품고
땅에 있는 모든 것을 사랑하다
잘 못된 것은 다 내 탓으로 돌리고
떠나는 그 아름다움을 본다.

그래서 슬퍼할 수 없는 죽음이란
유한한 삶을 아름답게 마무리하고
영원한 생명으로 부활하는 순간에 불과한

사랑이 더 큰 사랑의 부름을 받아
영광스럽게 승천하는 길에
입고 있던 낡은 육신을 벗어 두고 떠나는
간단한 의식에 지나지 않은 것.

잘난 척 하는 자들끼리만
행세하는 세상에서
한데로 내몰린 자들에게
늘 따뜻한 아랫목이 되어 주고

뜻을 같이한 자들끼리만
소통하는 세상에서
종교의 높은 담을 허물고
모두와 하나 되어
이해와 사랑을 나누고자 했던
넓은 가슴이었기에

당신이 떠나시던 날은
부요와 빈곤도, 강자와 약자도 없고
종교의 높은 벽도
이념의 차가운 얼굴도 고개 숙인
오직 사랑과 평화가 넘쳐나는
아름다운 날이었습니다.

벽을 허물라

사랑의 祈禱 · 20

어쩌자고
그곳에 아방궁을 짓는가.

그 크고 화려함이
높다란 철벽이 되어 막아서리니

머리 둘 곳 없으신
우리 주님을
한寒데 계시게 할 참인가.

심은 대로 거두리라

사랑의 祈禱 · 21

하나의 사랑을 씨 뿌려
싹틔우고 정성껏 가꾸라.

세상 욕심에 사로잡혀
살벌한 분별심을 씨 뿌리면
거기에서 죄악이 싹터
심판의 열매가 열리고

하늘의 온전한 사랑을
씨 뿌리고 싹틔워
한맘으로 정성껏 가꾸면

그 생명나무에
진리의 열매가 주렁주렁 열려
풍요로운 인생을 누리리라.

기도의 완성

사랑의 祈禱 · 22

주님! 감사합니다.
우리 주님! 사랑합니다.

주님이 내 안에
내가 주님 안에서 하나 되는
영광을 누리게 하시니
무한 감사합니다.

부족한 내가
먼저 당신의 나라와 의를 구할 때
진리이신 당신 안에서
추호도 부족함이 없게 하시어
무위자연의 한없는 자유를
누리게 하시고

주님의 은혜와 사랑이
항상 내 안에 충만하여
감사와 기쁨으로 넘쳐나게 하시므로
세상 질병의 씨를 말리시어
건강과 행복을 누리게 하시니
날이면 날마다
천국의 복락을 즐기는 이 행복!

이 한없는
감사와 기쁨에 흠뻑 젖어
주님을 사랑하는 감격으로
이 시간 주님을 찬양하고 경배합니다. 아멘.

이렇게 기도하라

사랑의 祈禱 · 23

우리 주님은
모든 것에 부요하신
내 필요를 미리 다 아시고
값없이 주시는 분.

내가 원하는 것
내 뜻대로 되지 않을지라도
감사하고 기뻐하라.

그리고 이렇게 기도하라
"내 원대로 마옵시고
당신의 뜻대로 하옵소서."

그리하면
추호秋毫도 부족함이 없는
축복된 인생이 보장되리라.

내 영혼의 안식처

사랑의 祈禱 · 24

이 세상을 사는 동안
예상치 못한 어느 날
내 인생을 노리고 달려드는
사악한 욕망의 사자를 만났습니다.

그때 가차 없이
당신의 울안으로 피신한 것이
내겐 얼마나 행운이었는지
지금에 와서야 알았습니다.

세상 거친 파도에 떠밀려
속절없이 표류할 때에도
당신은 내 구원의 방주였습니다.

이제 와서 곰곰이 생각해 보니
당신은 선택일 수 없는
내 인생의 유일한 피난처.

지금 내가 이렇게
당신 안에서 부족함이 없음은
당신의 무한하신 사랑 때문임을
감사의 눈물로 고백합니다.

야곱의 첫 울음

사랑의 祈禱 · 25

함박눈이 하염없이 내리는 새벽
출생코드 09-0124-0536을 달고
새 생명이 첫 울음을 터트릴 때
세상은 빛을 머금고
마악 깨어나고 있었다.

대지는 생명의 요람이 되어 받들고
하늘은 별빛 찬란한 축복의 깃발을 흔들고

오늘의 기쁨이 내일의 소망을 보았으니
이 어찌 큰 기쁨이 아닌가.
오늘의 생명이 새 생명을 잉태하였으니
이 어찌 영원한 생명이 아니겠는가.

서로 사랑하여 결실한 열매이오니
지혜롭고 총명하게 하시고
아름다운 결실로 풍성하게 하소서.

야곱의 할아버지
한없는 감사와 설레는 감동으로
엎드려 기도하오니

이 생명, 축복의 씨앗이 되어
이 기쁨의 열매, 하늘의 별 송이처럼
바닷가 모래알처럼 그렇게
풍성하게 하소서.
(내 평생에 처음 손자 보던 날)

인생은 방향이다

사랑의 祈禱 · 26

인생길은
속도가 아니라 방향이다.

제아무리 빨리 달려간다고
그것이 대수일 수 없는
어느 방향으로 가느냐에 따라
승패가 판가름 난다.

서두르지 말고
방향을 바로 잡아 출발하라.

처음부터 진리眞理를 향해
그 생명의 길을 열심히 가다 보면
마침내 아름다운 인생
낙원에 이르리라.

사랑 안의 행복

사랑의 祈禱 · 27

잘살고
못사는 건 다 내 탓이다.

내 허망한 마음에
나를 맡기고 그것에 놀아나는
그 어리석음이 문제다.

지금까지 세상 종노릇하며
허송세월한 그 무지를 회개하고
온전한 하나의 품으로 돌아와
사랑받는 자녀가 되라.

이것이 진리 안에서
내가 누릴 참된 자유요
하나 됨의 축복이다.

천국을 사는 지혜

사랑의 祈禱 · 28

비워야 채워지는
그 명백한 진리를 외면하고
욕심의 노예가 되어 살아온
지난날의 어리석음이여!

이 세상에는
타고날 때 받은
한 톨의 생명의 씨앗
그 소중한 영혼 외에는
내 거라곤 아무것도 없어

그 영혼이 잘되면
모든 것에 부족함이 없는
행복한 인생인 것을

이제라도 마음 비우고
태초에 허락하신
무위자연의 텃밭에
내 영혼의 씨앗을 뿌리고 가꾸어
풍성히 열매 맺으면
그것으로 부요한 천국이라네.

永生이 별건가

내 안에 감추어진
소중한 하나를 알고 나면
죽음의 무상함도 사라진답니다.

자연 속의 봄날이
늙어 죽는 걸 본적 있나요.

봄이 그렇게
해마다 새봄이듯이
분별의 허상을 버리고
하나를 사랑하는 마음으로
무위자연無爲自然의 인생을
팔팔하게 즐기노라면

내 안에 온전한 하나가
든든히 자리 잡아 날이면 날마다
불생불멸不生不滅의 청춘이랍니다.

사랑의 완성

사랑의 祈禱 · 30

사랑을 향한
첫 단추는 오래 참음이다.

그러고 나서
참음으로 검게 속 탄 마음을
겸손과 온유로 깨끗하게 씻어

긍휼과 자비로
일곱 번에 일흔 번이라도
기꺼이 용서하는 너그러움으로

마침내
사랑의 온전한 열매를
아름답고 풍요롭게 결실함이
사랑의 완성이다.

시냇가에 심은 까닭은

사랑의 祈禱 · 31

내가 한 그루를
시냇가에 심은 까닭은
보드라운 순결을 보고자 함이라.

밤이슬 촉촉이 내려
종일 북돋우는 정성은
푸르른 생명을 갈망함이라.

밤새 마음 설레어 잠 못 이룸은
꽃을 사랑함이라.

꽃향기 코끝에 감돌면
그때에야 비로소
내가 숨 쉬는 이유를 말하리라.

밤마다 이리도 뒤척이며
꿈꾸는 까닭은
사랑의 열매를 소망함이라.

이유 없는 사랑

사랑의 祈禱 · 32

사랑을 하려거든
아무런 이유 없이 하라.

사랑은
온유하고 겸손하여
어떤 수단이나 대상일 수 없는
존재의 소중한 본질이기 때문이니

오른손이 하는 걸
왼손이 모르게
몸소 사랑이 되어 그렇게
내가 흔적도 없이 사라져
모든 것과 하나로 조화로움이
사랑의 완성이다.

사랑의 신비

사랑의 祈禱 · 33

사랑은
모든 것이 조화로워
영원한 하나를 지향하는 것.

춤추는 자와 춤이 하나이듯이
사랑하는 자는
사랑하는 마음으로 하나 되어
홀로 외롭게 걸어가는 것.

사랑은 바라볼 수도
소유할 수도 없는
몸소 사랑이 되어야 마침내
하나로 영원히 남는 것.

나도 없고 너도 없고
모든 것이 다 사라고 나면
무한한 사랑으로 완성되는

사랑은
시작도 끝도 없는
모든 것이 하나로 조화로운
그 무엇.

원수를 사랑하라

사랑의 祈禱 · 34

원수를 사랑하라는
예수의 말씀이 생각난다.

율법 안에서는
진멸의 대상일 수밖에 없는 원수를
어떻게 사랑할 수 있단 말인가.

이 분별의 세상은
나와 너, 아군과 적군으로
살벌하게 나누지만

상대편에서 보면
내가 너요, 아군이 적군이 되는
분별심分別心만 사라지고 나면
모든 것은 하나로 평화로운.

그래서 원수사랑은
결국 나를 사랑하는
세계평화의 궁극적 선언이다.

새해 새 소망

사랑의 祈禱 · 35

새해에는
마음이 가난하게 살고 싶다.

그런 겸손으로
내가 한없이 낮아지고
그런 온유함으로
모든 것을 따뜻하게 품어 안아
그런 사랑으로
모든 것과 하나로 조화롭게

새해에는
의義로움에 굶주리고
준수俊秀함에 목말라 하는
푸른 하늘같은 청결함으로
부자보다 더 부자가 되어
금金보다 더 귀하게
진짜 가난하게 그렇게 살고 싶다.

새날을 여소서

사랑의 祈禱 · 36

주님!
제야의 어둠을 서성대던 한 해가
말없이 떠나고 난 허전한 길목에서
부활의 새벽을 맞는 경건함으로
두 손 모아 간절히 기원하오니
소망의 빛으로 새 하늘과 새 땅을 밝히소서.

주님!
태양이 흑암을 털고 빛을 발하듯
어두운 세상에 주님의 의로움이 밝게 드러나
슬픔으로 상처 난 자국이 아물고
빈곤의 고단함과 질병의 고통이 사라진
평화로운 새해 새 아침을 여시옵소서.

주님!
낮음에서 높음이 일어서듯
우리의 낮아진 겸손 위에
진리의 기둥을 든든히 세우시고
독수리 창공을 날아오르듯
갈급한 영혼에서 믿음이 샘솟게 하시어
만유 위에
주님의 존귀와 영광을 드러내소서.

주님!
비움 속에 채움이 있듯이
이 가난한 심령에
천국의 신령한 복으로 채우시고
의에 주린 자를 진리로 배부르게 하시어
주님의 풍성한 은혜와 평강이 가득한
평화로운 새날을 이 땅에 허락하옵소서.

실상을 즐기라

사랑의 祈禱 · 37

그대 마음 한 구석에
웅크리고 있는 옹졸함을 허물라.

그렇잖으면
언젠가는 그것에 발목 잡혀
더 이상 옴짝달싹 못할 터이니

기회가 되면
날아오를 수도 있는 그대가
어두운 밑바닥에 틀어박혀
한 발자국도 내딛지 못하는
비참한 신세가 되고 말리라.

세상 그림자에 불과한
옹색한 분별심을 과감히 허물고
하나의 진리 안에서
유유자적悠悠自適함이
생명의 실상을 즐기는 신비로움이다.

一切唯心造

사랑의 祈禱 · 38

이 세상 모든 것은
다 마음이 지어낸 것이던가.

그 마음은
눈에 보이는 것만이 아니고
보이지 않은 것까지도
좋고 나쁜 것 가리지 않고
지 마음대로 다 만들어 내는
희한稀罕한 요술쟁이.

좋은 마음은 좋은 것을
나쁜 마음은 나쁜 것을
기쁜 마음은 돈을 주고도 살 수 없는
행복을 만들고
모든 질병도 마음이 고민하여 생긴
돌연변이란다.

결국, 모든 것은
마음먹기에 따라 달린
청결하고 가난하게 그렇게
마음만 잘 다스리면 누구라도
부요하고 건강한 행복을 누린단다.

숲처럼 살라신다

사랑의 祈禱 · 39

숲을 사랑하라
푸르게 짙게 물든 숲은
모든 것을 품어 안은
신비로운 사랑의 보금자리.

초목이 조화롭게
서로 어우러져 속삭이는 숲에선
세미한 신神의 음성이 들린다.

숲의 포근함을 닮으라고
숲처럼 그렇게 푸르게 짙게
서로 사랑하며 살라고

너와 나 사이에 낀
분별의 얼룩을 지우고
한없이 청결한 마음으로
조화롭게 한데 어우러져
그렇게 아름다운 천국을 살라신다.

먼동을 틔우라

사랑의 祈禱 · 40

일점일획을 씨 뿌려도
싹트지 않을 척박한 땅에다
요란스런 언어로 거름 준다고
별 수 있을까 보냐.

문자文字의 벽을 허물고
언어言語의 강을 건너
진리의 낙원 "가나안"에 입성하라.

거기서도
그 근원을 회복하지 못하고
겉도는 날엔 곧바로
"안나가"로 뒤집혀 지옥이 되리니

꺼져가는 진리의 불씨를
정성껏 되살려
어두운 내 안에 먼동을 틔우면
새날의 소망이 환히 밝아 오리라.

당신과 나는 하나

사랑의 祈禱 · 41

지금 내 마음속에서
세미하게 호흡하는 당신은
내 인생의 영원한 동반자.

나는 밤낮을 모르고
출렁이며 흐르는 강물처럼
때로는 넘치고 부서지기 일쑤이지만

그런 나를 조용히 바라보시며
사랑의 미소를 짓는 당신의 너그러움이
내 인생의 강물이 되어 흐르는
나는 더없이 행복한 존재입니다.

이제 내 생명은
당신과 함께 흐르지 않고서는
더 이상 생명일 수 없는

그렇게 흐르고 또 흘러
마침내 한바다가 되고 말
천생연분天生緣分으로 하나 된
소중한 운명임을 알았습니다.

기쁨이 두둥실

사랑의 祈禱 · 42

인생의 대보름
당신의 마음 동산에
두둥실 떠오르는 보름달이
유난히 밝고
그리도 아름다워 보이는 것은

지난 한겨울
혹독한 엄동설한에도
생명을 포기하지 않고
알차게 무르익은 사랑의 마음
덕분입니다.

점과 선의 진화

사랑의 祈禱 · 43

내 안에
한 점點의 심령이 뜨거워져
무르익은 그 자리에
새 생명이 싹트면

그것을 기점으로
새로운 나날의 하루하루가
감사와 기쁨으로 여물어가는
아름다운 선線을 이루고

점과 선이 어우러져
영혼의 지평地平이 환히 열리면
인생에 아무런 거리낌이 없어
자유로운 천국이라네.

天國의 완성

하나로 조화로움은
모든 것이 화목하기를 원하시는
하나님의 선하신 뜻이랍니다.

너와 나 사이에
살벌한 분별을 지우고
온 세상이 하나로 조화로우면

미움이 사라진 자리에
사랑이 보드랍게 싹트고
전쟁이 물러간 그곳에
평화가 아름답게 꽃을 피우고

덩달아 우리 마음에
감사와 기쁨이 차고도 넘쳐
모든 질병까지도 꼬리 내리는
모두가 건강하고 행복한
평화로운 천국天國.

이것이 모든 것이 합력하여
하나로 아름답게 을善을 이루는
천국의 완성이랍니다.

유다는 무죄다

사랑의 祈禱 · 45

그때 우리의 스승 예수가
누구로 인해 왜 십자가에 달렸는지
그 진실이 제대로 밝혀지지 않은 지금.

당시 그의 수제자 베드로가
스승이 십자가 지는 것을
목숨 걸고 반대하다가
사탄으로 내몰린 것에 근거하여

다른 제자 유다가
은 삼십 량에 스승을 팔았다는
알쏭달쏭한 죄목으로
비참하게 배창자가 터져 죽었다는
이 사건이 무죄임을
이천년이 지난 오늘에서야
최종 결심을 선고하노라.

선고 이유인 즉은
예수가 어떤 중죄로 수배 중에
죽음이 두려워 도망 다니다
유다의 부정한 신고로 잡혀가
십자가형을 받은 것이 아니요.

인류 사랑의 완성을 위해
스스로 십자가를 지는 것이 유익이라는
지극한 예수생각에 따른
스승과 제자 사이의 밀약密約이었음이
판명되었기 때문이다.
(1945년 이집트 나그함마디에서
발견된 유다복음서가 물증)

중도를 즐기라

사랑의 祈禱 · 46

세상 모든 것은 다
인연 따라 생멸生滅하는 것.

어디에도 집착 말고
물 흐르듯이 그렇게 자유롭게
중도를 즐기며 살라.

천국에도 집착하지 말고
지옥이라고 기피하지도 말고
아무것에도 매임이 없이
진리에 흠뻑 젖어 자유하라.

밤이 그렇게 어두운 것도
태양은 변함없이 빛나는데
땅덩어리가 빛을 등진 까닭이니

오직 진리 안에서
모든 것을 있는 그대로 용납하여
중도의 자유를 즐기는 것이
행복한 천국이다.

분별의 딜레마

사랑의 祈禱 · 47

어리석은 인간은
세상 모든 것을
이것과 저것으로 나누고
그 틈새에 끼어
스스로 고통을 자초한다.

신이 귀띔한다.
이것과 저것이 하나로
조화로울 때
온전한 행복이 싹튼다고

이것도 저것도 아닐 때
아무것에도 매임이 없는
자유로움이라고

폐일언蔽一言하고
분별의 딜레마에서
과감히 탈출하는 것이
우리가 누릴 진정한 자유요
온전한 하나의 행복이라고.

예수를 사라

사랑의 祈禱 · 48

진리이신 예수는 원래
모든 것을 비유로만 말씀하셨나니

하나님과 하나이신 그분은
사욕을 채우기 위한
하찮은 수단일 수 없는
길이요 진리요 생명이시라.

가진 모든 것을
다 주고 사도 아깝지 않은
보물임을 실감나게 깨닫도록
사랑하는 제자 유다를 등장시켜
비유로 말씀 하셨나니

나를 팔아
사욕私慾을 채우고자 하는
그런 어리석은 자는
비참하게 배창자가 터져 죽은 자나
다를 바 없고

가진 것을 몽땅 주고
나를 산 지혜로운 자는
모든 것을 다 가진
대박 난 자라는 것을
비유로 말씀하신 것이다.

브니엘에서

사랑의 祈禱 · 49

세상 것이 탐나 씨름하던
팔팔했던 날이 어느새 저물어
외로운 황혼의 들녘애서
당신의 사랑을 보노라.

당신이 지으셨으니
당신에게로 돌아가는 것
흙으로 지으셨으니
흙으로 돌아가는 것이
당신의 뜻이라면

여기 브니엘에서
당신의 빛나는 얼굴 바라보며
외로움을 달래고
당신의 사랑에 흠뻑 젖어
아픔을 녹이리.

여기는 푸른 풀밭
허무한 세월에 지친
몸과 마음이 쉴만한 시냇가
메마른 영혼을 소생케 하는
당신의 따스한 품안.

브니엘에서
당신의 사랑으로 하나 되어
영원한 생명으로 부활하고픈
이 간절한 소망이여!
(친구의 요양병원 개원 축시)

꿈 깨라

사랑의 祈禱 · 50

아브람아
아브람아 꿈 깨라.

네가 그분을 사랑하는 줄을
태초부터 그분은 아시나니
네 어리석음에
앰한 아들 잡겠다.

그분은 너처럼 그렇게
옹졸한 분이 아니시니
네 무지가 전지전능全知全能한 분을
어리석게 하는구나.

네가 먼저 그분을 알라
그것이 의義요
그분은 의로우신 하나님이시라.

네 아들이라고
네 맘대로 쪼갤 수 있는
삼년 된 숫양 새끼라더냐
그 무지의 흑암에서 깨어나라.

그러고 나서 너희 족속의
조상이 되던 자손이 되던
아브라함이 되어라.

망대 위에 빛을

사랑의 祈禱 · 51

젊음이여
일어나 빛을 발하라.

늙음은
그 뒤에 그림자 되어
스스로 잠잠할 지어다.

조용히 사라지고
활기차게 드러남은
만유 불변의 생명의 법칙.
빛바랜 것은 물러앉고
새것이여 희망차게 솟아나라.

물러남은
그것으로 끝장이 아니요
떠받치는 소망의 망대가 되어
새 빛을 도두보이게 하는
아름다운 겸손이다.

내 인생의 완성

사랑의 祈禱 · 52

분별의 세상에 휘둘려
소중한 생명의 본질이
훼손되는 날엔
비참한 신세가 되고 말 것이니

영혼의 절실한 몸부림으로
진취적인 믿음 안에
압도적인 소망을 싹틔워
궁극적인 사랑을 꽃피우라.

그렇게
영원한 생명의 근원을 회복하여
광대무변의 우리 하나님과
하나 되어 조화로움이
내 인생의 멋진 완성이다.

내 사랑 임마누엘

사랑의 祈禱 · 53

세월이 흐르고
나이 들어가다 보면
또렷한 것은 점점 희미해지고
그것에 가려 희미하던 것은
오히려 또렷해지는가 보다.

그렇게 나를 맴돌던
세상 무수한 것들이 하나 둘
허무하게 사라지고 난 지금.

저물어 가는 인생길
홀로 외롭게 걷고 있는 나를
무심히 되돌아보노라니

그동안 보이지 않던 것이
빛으로 반짝이며 드러나
문득 진짜 내가 느껴지는

이는 빛나는 내 사랑
나의 임마누엘!
그래서 난 지금 행복하다오.

성령의 보증수표

사랑의 祈禱 · 54

구하라.
찾으라.
그리고 문을 두드리라.

구해도 얻지 못하고
찾아도 찾을 수 없음은
욕심내어 엉뚱한 것을 두드림이니
굳게 닫혀 있는 나를 두드리라.

그리하여 하나님이 내 안에
내가 하나님 안에서 하나임을 알면
내 것이 하나님 것
하나님 것이 내 것
추호도 부족함이 없는 부요한 자.

세상 물질은 쉽게 변질되어
두고두고 써도
영원히 변치 않고 줄지도 않은
성령의 보증수표로 이미 받았음을 알아

범사에 감사하고
항상 기뻐하며 살면
세상에서 가장 부요하여 행복한 자.

새것으로 충만케 하소서

사랑의 祈禱 · 55

옹졸한 것에서
너그러운 당신을 드러내시고
부족한 것일지라도 넉넉하게 하시는
당신은 언제나 부요하신 분.

율법에 얼어붙은 것을
사랑으로 따스하게 녹여
사로잡힌 모든 것을 자유롭게 하시는
당신은 무위자연의 진리.

눈에는 눈
이에는 이로 살벌하게 맞서는
이 세상을 따뜻하게 품어 안으시어
원수도 사랑하는
푸른 풀밭 잔잔한 시냇가로
우리를 인도하시는

그 진한 사랑이
만물의 입술에 생수로 흐를 때
세상 어두움은 스러지고
진리의 빛 더욱 찬란히 빛나

낡은 것은 스스로 물러서고
온 세상이 아름답게
새것으로 충만하게 하소서.

이 길이 나의 길

사람들은 너나없이
세상길, 넓은 길이 좋다지만
나의 길은 아닙니다.

혼자서 가는 이 좁은 길
제아무리 힘들고 외로워도
나는 이 길을 가렵니다.

나를 부인하고
사랑의 십자가 지고
나 홀로 외롭게 가는 이 길이
하늘로 난 나의 길이기에
조용히 이 길을 가렵니다.

세상에 젖지 않고
혼자서 그렇게 가다 보면
언젠가는 내 사랑 임마누엘
그분을 만나리라는 믿음 하나로
이 길을 묵묵히 가렵니다.

眞空妙有의 神

사랑의 祈禱 · 57

신들 중에
내가 최고라고 자부한
자칭 유일신이 분노한다.

끓어오르는 분을 참지 못해
다신들을 향한 선전포고와 동시에
저주의 미사일을 날린다.

다신들이 당황한 듯
잠시 술렁이더니
이내 얼굴에 미소를 띠우며
비웃음의 버튼을 누르자

날아오는 저주의 미사일은
공중분해 되어 사라지고

진공묘유眞空妙有!
스스로 계신 우리 하나님이
사랑의 미소를 지으시며
신비롭게 드러나신다.

꽃 마 음

사랑의 祈禱 · 58

꽃이 아름다운 것은
꽃이 아름다워 아름답다기보다는
꽃을 사랑하는 마음이
아름다워 그런 것.

원수를 미워하는 마음도
원수를 사랑하라는
하나 된 진리의 꽃마음에 젖으면
원수도 사랑 안에 녹아드는

마음이 꽃밭이면
그 안에 피어난
모든 것이 다 사랑스러워
어여쁜 꽃마음이 되기 때문입니다.

한가위 보름달만큼

사랑의 祈禱 · 59

수줍음도 타지 않고
풍성한 젖가슴 둥글게 드러내는
한가위 보름달처럼.

우리들 마음에도
그렇게 넉넉한 보름달이
두둥실 떠오르면 좋겠네.

이 각박한 세상
너와 나의 분별도 없이
사랑으로 두리둥실 하나 되어

더도 말고 덜도 말고
한가위 보름달만큼만
그렇게 풍성했으면 좋겠네.

네모 안의 감옥

사랑의 祈禱 · 60

원래 거침없이 굴러가도록
동글동글 창조된 것들이
차츰 네모꼴로 변해 가고 있다.

겉모양도 속마음까지도
살벌하게 각 져
덜커덕대는 요란스러운 세상.

예전에는
동글동글 방글방글 미소 짓던
예쁜 얼굴들이
지금은 네모 안에서 노려본다.

갈수록 세상 모든 것들이
스스로 만든 네모 안에 갇혀
원래 창조주가 주신 동글동글한
조화로움을 외면하고

너나없이
두 눈 각 지게 치켜세우고
두리번거린다.

인생은 神의 선물

사랑의 祈禱 · 61

선물은
욕심의 대가일 수 없는
감사하는 자에게 거저 주어지는 것.

주님은 욕망할 수 없는
사랑의 풍성한 선물이니
감사하므로 경건히 소망하라.

그렇게 욕심 없이
그분을 사랑하는 긍정의 삶이
다름 아닌 귀하고 복된
내 인생을 위한 사랑의 선물이다.

졸부가 된 자

사랑의 祈禱 · 62

그리 붐비지 않은 시간대
명상에 잠긴 듯
한 두어 사람쯤은 눈을 지그시 감고
조는 척하는 전철 안에서

한 소경이
어린 아이를 앞세우고
말없이 지나가는 발걸음에
동전을 넣어주는 사람도 있고
마음먹은 듯 지폐를 넣는 이도 있다.

그 뒤를 이어
멀쩡한 사람이 크게 소리치며 지나간다.
"예수 천당! 불신 지옥!"

별 반응이 없자
더 큰 소리로 기고만장
해설까지 덧붙인다.
불교 신자는 다 지옥행이니
예수 믿고 천국 가자고

이에 감동 먹은 사람들이
초상화도 비웃고 있는 고액권을
다발로 안겨주자
그는 결국 졸도하고 말았다.

내 안의 별장

사랑의 祈禱 · 63

나는 실체도 없는
유령의 집에서
지금까지 감옥 아닌 감옥살이를 했다.

세상 비에 젖고
혹독한 추위에 떨기도 하며
따가운 햇살에도
내색할 줄 모르고 그렇게 살아오다가

어느 날 우연히
진짜 내 집을 찾았다
내 존재 안의 쾌적하고 포근한 집을

사시사철
푸른 솔숲 사이로
맑은 하늘과 빛나는 별들이 아름다운
내 영혼의 신성한 터전에 자리한
아름다운 별장으로 이사했다.

말라위의 꿈

사랑의 祈禱 · 64

세상에서 가장 낮은 곳
지구 저편 소외된 땅 끝을
넋 잃고 바라봅니다.

하루 세끼를
우리 돈으로 30원짜리
치콘디팔라* 한 사발이면
주리고 목마른
그 어린 것들의 얼굴에서
웃음꽃이 활짝 피어나는 곳.

당신의 작은 관심이
사랑의 단비가 되고
생명의 햇빛으로 빛난답니다.

지금 이 땅끝을 향한
하늘나라 건설에 하나님은 당신을
사랑의 천사로 찾고 계십니다.(*사랑의 죽)

빛깔의 축제

사랑의 祈禱 · 65

태초太初에
하나님이 빛깔을 창조하시고
스스로 빛깔이 되셨으니
모든 빛깔은 하나님의 모습이시라.

피조물은 저마다 가지각색
자기 빛깔을 몸에 두르고 춤추나니
그렇게 허다한 빛깔로 어우러진 세상은
창조를 경축하는 화려한 축제 한마당.

빛깔은
다른 빛깔을 싫어하지 않으며
나만 아름다운 빛깔인양
잘난 체하지도 않는

빛깔은
서로 조화롭게 어우러져
일곱 빛깔 무지개로 희망을 싹틔우고
모든 것을 아름답게 물들인다.

온갖 빛깔은
창조의 은총 속에
사랑의 신비로 조화롭게
무위자연의 아름다운 빛깔로
반짝인다.

세번째 농담

하나의 완성

—

선善과 악惡으로 살벌하게 나뉜
분별分別의 세상을 원융무애圓融無碍한 진리로
품어 안아 변증법적辨證法的 발전發展을 통해
하나의 智慧로 완성을 시도해보았다.

하나의 완성

진리의 세계는
분별의 논리를 초월하여
온전한 하나로 조화로운
광대무변의 세계.

분별의 마음이 지배하는
상대적인 논리의 세계는
이것과 저것이 서로 대립하여
허구한 날 얼굴 붉히고
옥신각신 다투는 지옥이지만

모든 것이 합력하여
선을 이루는 진리의 세계는
이것과 저것이 조화로워
아름다운 세계
하나로 완성된 천국이랍니다.

하나님의 완성

하나님은
소경의 눈으로는 볼 수 없는
온전한 하나이시라.

그분은 태초부터
우리 안에 계시고
우리가 그분의 사랑 안에 있어

하나님을 사랑하는 것이
나를 사랑하는 것이요
결국 모든 것을 사랑하는 것.

온전한 사랑은
미움까지도 사랑 안에 녹여
모든 것이 사랑으로 하나 되는
하나님의 완성이다.

나는 외로운 방랑자

하나의 완성 · 3

나는 홀로
끝없는 방랑의 길을 떠나리라.

살다 보니 별수 없어
자포자기 떠나는 것이 아니라
아무것에도 메임이 없는
자유로운 그 길을 가리라.

내일 일을 걱정하지 않고
지금 이 순간을 즐기며
머나먼 길을 외로이 가리라.

그 길이 진리의 길
영원한 자유가 보장된
천국으로 난 내 길이기에
나 홀로 그 길을 가리라.

하나 안의 풍요

하나의 완성 · 4

값없이 주어진 오늘을
감사하고 즐거워하세요.

그것이 하나 안에서
우리가 누릴 행복한
권리이자 의무랍니다.

하나 안에는
나를 꼬드겨 유혹하는
허망한 과거도 미래도 없는
영원한 현재만이 살아 숨쉬는
완전 원만한 세계.

내 안에 꿈틀대는
욕망의 금송아지를 포기하고
거룩한 십자가를 회복하므로
마침내 완성되는
인생을 담보한 풍성한 결실이니

이것이
영원한 하나 안에서
우리가 누릴 풍요로움이요
하늘이 내린 빛의 영광이다.

하나 되어 춤추라

하나의 완성 · 5

우리 모두가
생명의 신비 안에서
하나로 조화로우면 얼마나 좋을까.

이것과 저것으로 나뉜
분별의 세상이 사라져
사랑과 미움이 손을 잡고
너와 내가 하나 되는 날에는

선악의 칼바람도 멈추고
생명의 훈풍이 감돌아
세상이 따사로운 봄날이 되리니

만물이 생명을 싹틔우는
활기찬 대자연의 봄날이 되어
우리 모두 그렇게
사랑으로 하나 되어
춤추며 살면 얼마나 좋을까.

사랑의 계명

하나의 완성 · 6

서로 사랑하라
이는 하늘이 내리신
최고의 은사이자
바라시는 첫째 계명이니라.

이웃을 사랑하고
원수까지도 사랑하는 것이
온전한 사랑이니

이는 하나 안에서
고귀한 사랑으로 충만하여
세상 평화와 인류 공존을 위한
최고의 계명이다.

眞理의 세계(1)

하나의 완성 · 7

유한한 것이
십자가에 달려 부서지면
영원무궁한 것으로 부활하듯이

유한한 분별이 사라진 곳에
온전한 하나가 저절로 드러남은
불변의 진리眞理 공식이니

나를 사로잡은
옹색한 분별심을 허물고 나면
간택揀擇이 증발하여
온전한 하나를 싹틔우고
증애憎愛가 녹아내려
무한한 사랑으로 알차게 여물어

모든 것이 하나로
완전원만完全圓滿하여 거침이 없는
명백한 진리의 세계라.

나를 완성하라(1)

세상 분별심에 사로잡힌
지금 나를 나라고 착각하고
사는 나는 내가 아니다.

내 안에서
진짜 나와 가짜 내가
갈등하는 그 어둠에서 벗어나

사탄의 농간弄奸에 놀아나는
가짜 나를 과감히 포기하고
원래 나를 회복하라.

이것이 내가 나 되는
진짜 나의 완성完成이다.

빛을 발하라

나의 본성은
원래가 빛이라는
명백한 진리를 알지니

세상 어두움을 벗어던지고
내 안에 숨겨진 본성을 밝혀
빛을 발하라.

나로 인하여
세상이 밝은 얼굴을 드러내고
절망에서 희망을 싹틔우는
나는 생명의 에너지.

어두움을 딛고
당당하게 우뚝 서서
칠흑 같은 세상을 환히 밝히라.

안팎이 하나 되어야

시도 때도 없이
안팎을 나누고 울타리를 치는
어리석음이여!

제아무리
치고 또 치고
높이고 또 높여 본들
도둑은 이미 그대 안에 있어

마음의 울안을
넓히고 또 넓혀 욕심껏 채워봤자
결국엔 다 털리고 말 터이니

되레 그 분별의 울타리를
말끔히 걷어내야
안팎이 하나로 온전해져
진짜 부요해진다네.

자유로운 삶

하나의 완성 · 11

맑고 흥겹게 흐르는
시냇물처럼
무위자연無爲自然을 즐기는 것이
지혜智慧로운 삶이니

세상 욕심에 사로잡혀
자승자박自繩自縛하는
유위有爲의 어리석음에서 벗어나라.

지혜로운 자는
억지로 분별分別함이 없이
오직 하나의 순리와 조화롭고

어리석은 자는
기를 쓰고 취사선택取捨選擇하느라
갈등하며 고통을 자초하나니

천국天國은
이것과 저것으로 나뉜
비좁고 어두운 틈새에서 벗어나
불이不異의 진리 안에서 자유로운
만사형통萬事亨通의 복된 삶이다.

神이 되신 어머니(1)

하나의 완성 · 12

요즈음 우리 어머니는
창가에 서서
창문으로 내다보이는 세상을
노래하는 즐거움으로 나날을 사신다.

가까운 친구들이
세월 따라 하나 둘 떠나고
홀로 남은 그 자리를 무대로
즐겁게 노래하며 즐기신다.

구름이 지나가면
흐르는 구름을 노래하시고
그 종류에 따라 일기예보도 하신다.

비가 내릴 때면
빗소리에 젖어 흥얼거리시고
꽃이 피고 질 때도 그 느낌에 따라
계절을 노래하신다.

우리 어머니는 이렇게
자연을 친구삼아 노래하는 즐거움으로
세월 가는 줄도 모르고
영생永生을 즐기시는
지혜로운 신神이 되신 것이다.

내 안의 천국

하나의 완성 · 13

인간이면 너나없이
노후가 불안하여
저축도 하고, 보험도 들어 보고
하구한날 걱정이 태산이다.

하지만 그것은
자가당착自家撞着의 함정
지나친 염려는 지옥을 향한 지름길이요
모든 질병의 원인으로
도리어 노후의 화근이 될 뿐.

정작 해야 할 일은
마음 비운 청결함으로
진리를 구하는 지혜로움이니

진리 안에서
모든 것에 감사하고
항상 기뻐하는 중에
세상 근심걱정에서 자유로우면
건강하고 행복한 천국이
확실히 보장된다네.

나를 완성하라(2)

하나님은
생명의 실상이시니
모든 것이 그분 안에 있고
그분이 모든 것 안에 있어
완전 원만한 하나이시라.

영적 색맹色盲이 아니면
누구라도 자신의 존재 안에서
만날 수 있는 분이지만
분별分別의 장막에 가려
보이지 않을 뿐이라는 것.

그 분별의 장막을 초탈超脫하여
진리의 심장을 돌파突破하고 나면
어느새 진공묘유眞空妙有로
내 안에 신비롭게 드러나시는

그렇게 그분과 하나 되고 나면
마침내 영원한 생명으로 거듭난
나를 완성하게 되리라.

기도의 목적

온전하신 우리 하나님은
모든 것을 사랑으로 용납하여
아름다움으로 꽃피우시는
미美의 창조자.

참된 기도는
내가 세상에서 원하는 것을
얻고자 애타게 부르짖는
하찮은 욕망이 아니요.

그분의 지극하신 사랑이
내 안에서 아름답게 꽃피워
내가 그분과 하나 되기를 소원하는
간절한 바램이다.

진짜 나를 발견하면

하나의 완성 · 16

거울에 비친 내 겉모습이
나인 줄로 착각하고 그렇게
인생을 겉돌다가

거울로는 볼 수 없는
진짜 내가 내 안에 따로 있다는
그 신비로움을 알고 나서야

지금은 모든 것에
감사하고 기뻐하는 중에
내 존재의 본질을 즐기는
날이면 날마다
부요하고 행복한 천국이라네.

나를 알면 천국

하나의 완성 · 17

신神은 나와 별개가 아니요
태초부터 내 안에 자리한 나의 본성
신성神性이요 불성佛性이니
모든 생명의 근원根源이시라.

행복은 내 안에
그분과 하나 되어 조화로운
선善과 악惡의 분별이 사라진
자유로움이니

모진 질병도
내 마음이 세상 분별심分別心의
농간弄奸에 뒤틀려 생긴
어두운 그림자일 뿐.

천국은
죽어서 가는 곳이 아니요
그분을 내 안에 기꺼이 모시고
모든 것에 감사하는 중에
지금 여기 이 순간을 즐기는
건강하고 행복한 내 마음이다.

眞理 안에서 자유

하나의 완성 · 18

진리眞理를 알지니
일 점, 일획에 얽매인 입술로는
골백번을 읽는다 해도 알 수 없는
수박 겉핥기에 지나지 않을 뿐.

진리는 깊고 오묘하여
옹색한 언어나 문자로는
그 신비로움에 다가설 수 없는

오직 한맘으로 묵상하는 중에
진리의 핵심을 돌파하여
그 신비로움을 체득體得한 자만이
궁극의 하나님과 하나 되어
참 자유를 누리리라.

천국의 완성

그대의 황폐한 인생에
꺼져가는 생명의 불씨를 되살리라.

그대의 영혼에 낀
세상의 찌든 때를 닦아내고
그 생명의 실상에서
소망의 불꽃이 타오르게 할지니

그 신령한 불꽃으로
분별의 찌꺼기를 불살라
온전한 진리의 알맹이를
알차게 여물게 하라.

그리고 그 진리 안에서
날마다 감사와 기쁨이 넘치는
그대 안의 천국을 완성하라.

眞空妙有의 세계

하나의 완성 · 20

우주의 근원은 진공眞空이니
거기가 만물의 본향本鄕이라.

모든 것의 근원이신
우리 하나님은
문자 그대로 둘이 아닌 하나.

그분이 내 안에
내가 그분의 사랑 안에서
하나로 조화로워 아름다운
진공묘유眞空妙有의 신비로운 세계라.

내려놓고 즐기라

억지로 짊어지고
끙끙대지 말고
내려놓고 가뿐하게 즐기라.

이것이 지혜로운 자의
행복 비결이니라.

짊어지고 끙끙대면
그 부분에 옭매여 고통스럽고
내려놓고 즐기면
전체와 하나 되어 자유롭나니

"무거운 짐 진 자들아
다 내게로 와 편히 쉴지라."

이것이 진리 안에서
우리가 누릴 참된 자유요
진짜 행복이라네.

나를 완성하라(3)

하나의 완성 · 22

어느 누가
나는 나일뿐이요
신神은 신일뿐이라 했던가.

나는 내가 아니요
신은 신이 아니면
천상천하天上天下 유아독존唯我獨尊의
모든 것이 하나로 신들린 나.

어떤 철인哲人의 생각처럼
유한한 나를 초월하여
신神과 하나 되어 완전 원만함이
궁극의 나를 완성하는 것.

하나로 완성하라

우리 주님은
길이요 진리요 생명의 근원이신
온전한 하나인데도

자기 욕심 따라
소중한 하나를 찢어발겨
우상화 하는 이 어리석음이여.

내 종교는 천국행이요
다른 종교는 지옥행이라는
마치 내게만 햇빛이 비추고
비가 내리는 것처럼.

이기적인 분별심에 사로잡혀
그렇게 놀아나는 어리석음이
다름 아닌 불구덩이 지옥이다.

누가 뭐래도 진리는 하나
너와 나의 분별을 넘어
온전한 하나를 완성하고 나면

너와 내가 따로 없어
모든 것이 하나로 조화로운
땅 끝까지 그 어디나
진리로 충만한 천국인 것을.

성 찬 식

이참에 맛본
우리 주님의 살과 피 맛이
어찌 이리도 달고 오묘한지

그 신비로움이
내 심령 속에 깊게 스며들어
새 생명이 되었으니

이제 나는
그분과 하나 되어
영원한 생명으로 부활한
나의 완성이다.

하나로 조화로우면

멋진 인생은
너와 나의 조화로움이다.

누구라도
혼자서 잘난 척 해 보았자
꼴불견에 지나지 않을 뿐.

오선지 위에 한 음으로는
아름다운 음악이 될 수 없듯이
음정과 박자의 조화 속에
여러 음이 어우러져 조화로워야
아름다운 음악으로 완성되는 것처럼.

인생도 마찬가지다
잘난 놈 못난 놈 따로 없이
모두가 생명의 신비로운 리듬을 타고
하나로 조화롭게 인생을 춤출 때
창조의 신비가 아름답게 드러나는
멋진 인생의 완성이다.

神이 되신 어머니(2)

하나의 완성 · 26

백 살이 가까우신
늙으신 어머니가 거울을 보시며
무심코 나이 탓하시는 말씀.

"이제 나는 사람이 아니어!"

곁에서 듣고 있던 아들의
거침없는 대꾸.

"그럼요! 이젠 여신女神이십니다!"

근본은 하나

인간은 틈만 나면
이것과 저것을 비교하여
나누기 일쑤다.

그럼 빨간색과 파란색
어느 색깔이 더 아름답단 말인가?

이는 허망한 마음의 부질없는
불장난에 지나지 않은 것일 뿐.

모든 것의 근본은
억지로 분별하지 않고 조화로울 때
하나로 완성되어
환하게 미소 지으며
아름답게 드러나는 것.

生老病死를 넘어

하나의 완성 · 28

인간이라면 너나없이
생로병사生老病死에 사로잡혀
사는 것이 삶으로 알고 산다.

그러다 보니
인생의 싱싱한 봄, 여름은
멋모르고 얼렁뚱땅 그렇게 살다가
가을색의 황혼이 물들어 오면
무상함에 젖어 그 안타까움을
가을의 시詩로 읊는 등
애써 미화하느라 여념이 없다.

하지만, 이때가 바로
가을처럼 무르익은 지혜로
인생의 생로병사를 깨트려
영생을 지향할 절호의 기회다.

모든 고통과 질병은
불안한 마음이 지어낸 허상이라는
생명의 본질을 깨달아
범사에 감사하고
항상 기뻐하며 사노라면

생명의 실상이
영원불멸의 본모습으로 드러나
불생불사의 영생을 누리게 되리라.

말은 창조의 에너지

어떤 생각을
입으로 소리 내어
귀로 들을 수 있는 것이 말이라고
말들 하지만

그 소리 말은
말 중에서도 가장 빈약한 말로
시공의 제약을 받을 수밖에 없는
때로는 스스로를 걸려 넘어지게 하는
덫이 되기도 한다.

말의 무한 능력은
소리 없음에 있으니
언어도단言語道斷의 이심전심以心傳心이
바로 황금 언어다.

창조주創造主가
천지를 창조한 것도
눈으로나 귀로는 도저히 볼 수도
들을 수도 없는
무한 능력의 생명 에너지
침묵沈黙의 언어였다.

천국여행

하나의 완성 · 30

진리의 날개를 달고
내 안으로
자유로운 여행을 떠나라.

겨우 눈이나 즐거운
세상 이곳저곳을 신발이 다 닳도록
기웃거려 보았자 남는 거라곤
피곤의 그림자만 짙게 드리울 뿐.

잠시 잠깐의
허망한 꿈에서 깨어
내 안으로 진리의 여행을 떠나
태초의 신비를 즐겨 보라.

이것이 바로
진리에 젖어 영원한 생명을 즐기는
행복한 천국여행이라네.

死卽生의 천국

하나의 완성 · 31

천국은
어디에 있고, 어느 때에 가는지
궁금하지 않을 사람이 있을까.

천국은
하늘 위에 있는 것도
바다 속에 있는 것도 아니요
늙어 죽고 나서 가는 곳도 아닌

분별과 집착의
세상 욕망에 사로잡힌 내가 죽어
하나로 거듭나고 나면
마침내 당도하는

유한을 초탈하여
온전한 하나를 돌파하고 난
거기가 바로 하나님과 하나 된 세계
내 안의 천국인 것을.

하나를 완성하라

하나를 소망하는
청결한 심령心靈에
아름다운 빛으로 아로새긴
영원한 기념비記念碑를 세우라.

작은 빗방울이 모여
강을 이루고
강물이 흐르고 또 흘러
영원히 마르지 않는 한바다가 되듯이

황무한 마음이
무위자연無爲自然의 본성을 따라
그렇게 비우고 또 낮아져
근원으로 깊고 깊게 스며들면

갈라진 골이 평탄해지고
칠흑 같은 어둠이 밝아
하나의 진리로 탁 트인 거기가 바로
원융무애圓融無碍한 천국이다.

眞理의 세계(2)

언어가 사라진 고요함에
시간도 멈추어 버린
영원무궁永遠無窮한 진리의 세계는
광대무변廣大無邊하여

시공時空의 논리로
이것과 저것을 분별하여
이러쿵저러쿵 제아무리 따져 본들
접근이 불가능하다 보니

애써 설명한다 해도
귀 없는 자는 알아들을 수 없어
옹색한 비유로 설명할 수밖에
다른 길이 없어 안타깝지만

오직 성령의 감동으로
돌파할 수 있는 길이 열리는 날엔
모든 것이 하나로 자유로워
불생불사의 영생을 누리는
신비로운 세계라.

낙원을 즐기는 삶

하나의 완성 · 34

나이 들어가면서
평화로운 천국을 살기 원하는가.

지금까지
세상 허망한 것에 집착하여
이것과 저것을 분별하고
이곳저곳을 두리번거리다 지친
황폐한 마음과 겉눈을 닫고

내 안에 버려진
영혼의 속눈을 환히 밝혀
멀고도 가까운 내 안으로
고요히 영혼의 눈길을 돌리라.

거기서 참 나를 만나
진짜 나와 하나 되어
원 없이 즐기며 사는 것이
내 인생 말년에 내가 누릴
행복한 낙원이라네.

회심의 자리에서

하나의 완성 · 35

나는 내 인생 전반기를
세상 것으로 채우면 행복할 줄 알고
이리 뛰고 저리 뛰어 보았지만
채워지기는커녕
점점 더 황폐해질 뿐이었습니다.

그렇게 멋모르고 날뛰다가
절망의 수렁을 헛딛고 나서야
허망한 세상 것으로는
채워질 수 없는 것이
인생이라는 걸 알았습니다.

헛되고 헛되어
모든 것이 다 헛됨을 알아
나를 비우고 또 비워
가난한 심령으로 거듭나기를
간절히 소원하였더니

지금은
그 청결한 공空의 자리에서
그분과 하나 되어
범사에 감사하고, 항상 기뻐하는 중에
그의 나라와 의를 구하는 여유로움으로
인생 후반기를 즐긴답니다.

그 무엇

잡아도 잡히지 않고
담아도 담기지 않은
알다가도 모를 그 무엇.

가까이 있는가 싶다가도
유한한 눈으로 바라보면
아무 것도 보이지 않은 그 무엇.

소유할 수는 없지만
내 것이라는 믿음만으로도
항상 넉넉하기 그지없는

내가 가진 모든 것을
다 주고 사도 아깝지 않은
보물 같은 그 무엇.

말로도 문자로도
도저히 설명할 수 없는
원래 내 안에 있다는 그 비밀을
아는 것만으로도 부요해지는
신비로운 그 무엇.

하나에서 찾으라

하나의 완성 · 37

하나님을
일점, 일획에서 찾으면
손바닥만 한 미농지 안에 갇힌
종이호랑이에 불과하고

그분을
유한한 시공간의
어느 깊은 산속에서 찾으면
하얀 수염 길게 드리운
산신령에 불과한

시공을 따라
빛의 속도로 수백억 광년을
날아가도 만날 수 없는

오직 분별을 초탈하여
온전한 하나를 돌파하고 나면
바로 거기 내 안에
무소부재無所不在의
전지전능자全知全能者로 계시는
창조의 근원이신 우리 하나님.

자유롭고 싶다

내가 나를 사로잡는
올무인 줄을 미처 몰랐네.

날마다 옹색한 나를 위해
무엇을 먹을까
무엇을 입을까 염려하는
내 안의 감옥에서

창공을 훨훨 나는
새들의 자유로움을 보노라
뜰에 피어 살랑대는 백합화의
아름다움을 보노라.

나를 포기하므로
내가 나에게서 자유롭고
헛된 나를 부정하므로
마침내 진짜 나를 만나는

이런 나를 완성하여
자유롭고 풍요로운 진짜 내 인생을
원 없이 즐기고 싶은
이 간절한 소망이여.

재림의 시효

하나의 완성 · 39

주님은 어느 날
뜬금없이 오십니다.
부지불식간에
도둑같이 오십니다.

뜬구름 같은 자에게는
구름 타고 오시고
진리에 젖은 자에게는
진리를 타고
어느 날 이미 오십니다.

그분은 무소부재 하시어
오고감이 없는
진리를 깨닫는 순간
그렇게 감쪽같이 오십니다.

우리는 자유인

나와 너 그리고
그것이 자유로운 세상을 꿈꾸며

나는 너와 그것으로 긴장된
삼각관계를 허물고
그것의 험준한 고개를 넘어
다시 네 앞에 선 무소유의 순례자.

이제 그것은
너와 나의 행복한 만남을 위해
기꺼이 성찬을 베풀고

나는 너와 그것의 조화로움 속에
황홀한 천국 잔치를 즐기는
이제 우리는 하나로 완성된
행복한 자유인.

없는 것이 없는 나라

하나의 완성 · 41

하나님 나라는
딱 그것만 빼고는
없는 것이 없는 풍요로운 나라.

시간이 없어
시계가 없어도 불편이 없는 나라.

가짜 명품 시계를 팔아
한몫 챙길 속셈으로
있지도 않은 것을 억지로
지어낸 것이 시간이라면
그 허무한 것을 일찌감치 포기해야

과거도 미래도 사라져
모든 것이 영원한 현재 안에 다 있는
내가 단군할아버지 이전에도
지금 여기에도 존재하는
내 안의 부요한 나라.

진짜 천국

헛되고 헛되나니
모든 것이 다 헛되도다.

이는 어떤 허무주의자의
탄식이 아니요
자기를 비운 지혜자의 환성이다.

철부지 어린 아이처럼
꿈같은 현실을 즐기는 자는
날이면 날마다 행복하고

세상 욕망에 사로잡혀
현실 같은 꿈속을 헤매는 자는
결국 기진맥진 쓰러지나니

그 허무한 것을 과감히 포기하고
스스로 알찬 하나가 되어 즐기는 것이
진짜 행복한 천국이다.

하나님의 방식

창조의 근원이신
하나님의 성품은 사랑이시라.

만물을 다스림에
채찍과 당근의 살벌한
분별分別의 방법을 접으시고
너그럽게 자유의지自由意志를 허락하시어

스스로
살(生) 일을 하면 살고
죽을(死) 일을 하면 죽고
벌 받을(禍) 일을 하면 벌을 받고
복 받을(福) 일을 하면 복을 받도록
심은 대로 거두는
자업자득自業自得의 순리를 택하셨나니

주여! 주여!
입술로만 외친다고
그리 되는 것이 아니요
행함이 기도가 되어야
그리 되도록 응답하시는
무위자연無爲自然의 하나님이시라.

칠흑 속에 먼동이

스승의 길 사람을 부정한
배신자의 어두운 밤은 검게
타들어만 가는데

새벽 날갯짓
먼동을 깨우는 닭 울음소리에
칠흑 어두움은 부서지고

밤새워 주시하던
긴장된 눈망울에서
회개의 눈물이 쏟아지자
마침내 그 어두운 영혼에
먼동이 튼다.

근본은 하나

하나의 완성 · 45

제아무리 큰 것이라도
작은 것과 따로 일 수 없음은
서로의 가장자리가 하나임이라.

분별分別이 사라지고 나면
이것과 저것의 경계도 무너져
모든 것이 온전한 하나.

유한한 시공을 초탈超脫하여
무아의 경지를 돌파突破하고 나면
모든 것이 하나의 실상으로 드러나
유한한 내가 단군檀君 이전에도 있고
지금 여기에도 있는 영원한 존재.

창조주와
피조물이 따로 일 수 없는
모든 것이 하나로 탁 트여 명백한
진리의 세계라.

神을 죽인 사나이

하나의 완성 · 46

그가 신을 죽였다
인간의 원죄를 선고한
그 막강한 신을 죽인 것이다.

신이 죽긴 죽었는지
살 썩는 냄새가 코를 찌른다.

하지만 그런 신은
인간의 옹졸한 욕심이 지어낸
질투하는 신일 뿐.

신이 사라진 자리에
잠시 허무가 감돌더니
어느새 여전한 분위기가 회복된다.

궁극의 신은
인간의 분별의 논리에 따라
있고 없고, 죽고 사는 것이 아닌
어느 누구도 죽이고 살릴 수 없는

니체는 죽었지만
무한하신 신은 지금도 여전히
진공묘유眞空妙有로 살아계시는
바로 영원무궁한 신비다.

니체는 무죄다

하나의 완성 · 47

그 미치광이가
신神을 죽였다고 야단이다.

그것도 밝은 대낮에
사람들이 보는 광장에서
벌어진 사건이라고 너도 나도 법석이다.

그러나 무소부재無所不在하고
전지전능全知全能한 신은
어느 누구도 죽이고 살릴 수 없는
스스로 계시는 분.

이것과 저것을 분별하는
이기적인 인간과 한통속이 되어 놀아나는
그런 옹졸한 신을 죽이고
온전한 신과 하나 되고자
목숨을 건 그의 결단이 세상을 들썩인다.

부처를 만나면
부처를 죽이고 성불成佛하듯이
진리 안에서
유한한 인간을 초월하여
신성으로 하나 되어 몸소 신이 되고자
그가 목숨 걸고 결단한
기상천외奇想天外한 사건이다.

진리의 세계(3)

크다 작다
이거다 저거다
시시비비是是非非하는 분별심에
놀아나지 말지니

이는 전체를 보지 못한
불쌍한 소경들이나 하는 짓이다.

모든 것이 하나로 조화로운
진리의 세계는
하나의 티끌 안에도 우주가 있는
신비로운 세계.

진리 안에서 자유로움은
이것과 저것을 분별하는 내가 죽어
선善과 악惡이 따로 없는

모든 것이 하나로 조화로워
아름답게 빛나는 진리의 세계라.

현재를 눈뜨라

하나의 완성 · 49

과거를 곱씹는다고
현재가 달라질 줄 아는가.

시간이 흐른다는 착각에
과거와 미래를 오락가락 헤매는
이 어리석음이여!

그 허망한 생각에서 벗어나
현재 안에 내 존재의 등불을 밝히라.

영안靈眼을 부릅뜨고
지금 내 앞에 찬란히 빛나는
영원한 진리의 세계를 바라보라.

그리고 분별이 사라진
지금 이 순간의 조화로움 속에
아름다운 존재를 꽃피우라.

승리의 나팔을 불라

진리의
횃불을 높이 들고
승리의 나팔을 불지니

나를 지배하는
내 안의 욕망의 성을 허물고
거룩한 승리를 선포하라.

그리고 내 영혼에
신령한 예복을 갈아입고
승리를 주신 우리 주님께 감사하라.

오직 진리 안에서
감사와 기쁨으로 넘쳐나는
참된 자유를 누릴지어다.

나 돌아가리라

때로는 그 사랑의 회초리가
따가울지라도 결국은 내게 이로운
겸손과 부요가 되는 것임을
난 미처 몰랐네.

값없이 주신
그 사랑의 매를 외면하고
세상을 욕망하며 그렇게 살면
다 되는 줄로만 알았는데

그 사랑에서 멀어진 나는
갈수록 황폐하여
소망은 점점 메말라 가니
이를 어이하면 좋단 말인가.

답은 오직 하나
이 허망한 꿈에서 깨어나
풍요로운 내 아버지 품으로
그 넉넉함으로 돌아가는 것.

빛으로 충만하라

하나의 완성 · 52

칠흑 같은 욕심에
살벌한 분별심을 버리고 나면
저절로 마음이 청결해져
번뇌망상煩惱妄想이 사라지나니

거기가 바로
선악善惡의 분별을 넘어
원죄原罪에서 자유로운
진리로 하나 된 조화로운 천국이라.

태양은 밤낮 없이 빛을 발하되
분별分別의 유한한 시공時空이
어둠과 밝음을 나눈 것일 뿐.

원래 밝게 빛나는
온전한 하나를
옹졸한 분별심 안에 가두지 말고
내 영혼의 망대 위에 드높여
세상을 환히 밝히라.

앉은뱅이가 일어서고
맹인의 눈이 밝아
하나의 큰 밝음으로 충만하리라.

그분과 동침한 숫처녀
(성경 속의 미투)

세상천지에
처녀가 남자와 동침하지 않고
잉태한다는 게 가당키나 한 소린가.

그럼 예수는
애비 없이 태어난 후레자식!?

마리아가 정혼하고 난
어느 별빛 고요한 밤
그 설레는 마음 주체할 수 없어
그분과 성령으로 하나 되어
잉태한 사건은

아브라함 이전에도 계시고
지금도 여기 우리와 함께하시는
불생불사의 영원한 생명의 근원
우리 하나님의 드러나심이시

이를 눈치 챈 사람은 누구라도
영원한 생명으로 거듭난
하나님의 아들이라.

먹고 마시는 자의 것

이제 그분은
세상의 눈으로는 볼 수 없는
부활하신 하나님.

세상 것을 만지작거린
추한 손으로는 만질 수 없는
거룩하신 분.

청결한 마음으로 간절히 구하면
어느새 다가와
나와 하나 되어 주시는
넉넉하신 분.

그분은 영원히
눈으로는 볼 수도
손으로는 만질 수도 없는
오직 그분의 도수 높은
신령한 살과 피를 먹고 마시는 자의
천국이 되어 주시는 분.

부활의 완성

이 세상 여행 끝나는 날
난 이렇게 멋지게 떠나리라.

솔향 강릉
소금강 계곡 십자소에 발 담그고
사시사철 푸르게 서있는
내 나이 또래의 소나무에 올라
스스로 혼불을 지피리라.

다 타고 나도
한 줌의 재도 남김이 없는
불꽃같은 영혼의 천사가 되어
자유롭게 그렇게

세상에 속한
모든 것 다 내려놓고
홀가분한 심령으로
성령의 구름을 타고 두둥실
영원한 생명으로 부활하리라.

대박 난 인생

나는 이렇게
내 인생 대박을 터트렸습니다.

처음엔
밑져 봤자 본전인 줄로 알고
별 부담 없이 시작한 것이
내 욕심의 솔깃한 꼬임에 빠져
잘만 하면 대박이라는 착각에
나를 몽땅 쏟아 부었습니다.

그러다가 그 허망한 함정에 빠져
넋 잃고 방황하던 중에
불행 중 다행으로
전지전능하신 신神의 음성을 듣고
알았습니다.

세상에서 실패한 자는
천국에서 성공확률이 높다는 걸.

그래서 남은 것 몽땅 털어
눈에 보이지 않은 그것에 투자했더니
뜻밖의 대박이었습니다.

이는 주식투자 이야기가 아닙니다.
진리의 텃밭에서 캐 낸
그 무엇과도 바꿀 수 없는
신비로운 보물 이야기입니다.

나를 지우는 삶

하나의 완성 · 57

이제
나는 나를 지운다.

전에는
나를 그리고 색칠하던 것을
이제는 열심히 지운다.

다 지우고 나면
나는 어떤 윤곽도 색깔도 없이
그렇게 투명하게 흐르면서

어떤 것에도 거리낌이 없는
무위자연의 진짜 내가 되어
자유롭게 살리라.

할렐루야를 춤추라

하나의 완성 · 58

할렐루야를 기뻐 노래하며
덩실덩실 춤추라.

이것이 내 존재의 근원에서
터져 나오는 환희의 빅뱅이다.

내 영혼의 세포가
깊은 잠에서 깨어나 춤추는 중에
세상의 찌든 때꼽을 털어내고
본래의 참 나를 회복하는
깨달음의 일갈이다.

애벌레가 허물을 벗고
나비로 변신하여
하늘로 자유롭게 날아오르는
부활의 날갯짓이다.

一角에 속지 말라

눈에 보이는 일각一角에 속아
전체를 보지 못하는 것은
불쌍한 소경이다.

빙산氷山의 일각은
눈으로는 볼 수 없는
크나큰 빙산의 존재를
암시하는 것에 불과한 것.

눈에 보이는
유한한 것에 집착하다 보면
육안으로는 볼 수 없는
무한한 것을 놓칠 수밖에 없어

결국, 유한한 것을
과감히 포기해야
그것에 가려 있는 온전한 하나가
내 안에 회복되리라.

믿음을 넘어

하나의 완성 · 60

깨달음은
영혼의 눈을 감고
믿음의 심연深淵에 빠져 있는
생명의 근원을 건져 올리는 것.

어항 속에서
거기가 낙원인 줄로 알고
세상모르고 노닐던 물고기가
넓은 바다로 해방되는 것처럼.

깨달음은
분별의 울타리에 가로막혀
더 이상 나아가지 못하고
그 안에서 졸고 있는 믿음이
앎의 변증법적 발전을 통해
드넓은 지혜의 바다로 해방되는 것.

내 안의 나 없는 나

내 안에
나 없는 진짜 나를 찾아
머나먼 길을 떠난다.

지금 내 안의 나는
나를 붙들어 매는 이기적인 나
그 내 안의 나와 마주하면
서로 지가 잘났다고
얼굴 붉히기 일쑤이고
모든 것을 선과 악으로 나누는
배타적인 분별의 나.

그런 나를 버려야
내 안에 진짜 내가 회복되고
그런 내가 죽어야
마침내 하나의 나로 완성되는

이 죽어야 사는
역설의 진리를 깨닫고 나면
내 안에 내가 따로 없는
온전한 하나의 나로 부활한
행복한 참 나.

生命의 신비

이 세상 만물萬物은
세월 따라 끊임없이 하향 분해되어
결국엔 종말에 이를 것 같지만

칠흑 같은 밤이
수탉이 새벽의 생기를 터트리자
먼동이 틔어 새날이 밝아 오듯이

모든 것은
물이 낮은 데로 흐르듯
그렇게 하향하여 소멸해 가는 중에도
만물의 근원인 생명生命은
그 하향을 딛고 솟아올라
하나의 생명을 회복한다.

뚝 분질러다가
책상 위에 꽂아 놓은 나무 가지에서
봄이 오자 어느새 새싹이 돋아
이렇게 꽃을 피우는 것처럼.

眞理는 自由다

眞理는
원인과 결과에 구애됨이 없는
無爲自然의 자유로움이다

有爲의 내가 사라져
對象의 네가 따로 없는 여유로움

모든 것이 하나로
조화로운
眞空妙有의 세계다.